LE

DIEU BIBELOT

ÉMILE COLIN — IMPRIMERIE DE LAGNY

PAUL GINISTY

LE DIEU BIBELOT

LES COLLECTIONS ORIGINALES

PARIS

A. DUPRET, ÉDITEUR

3, RUE DE MÉDICIS, 3

1888

Des cultes évanouis, un nouveau culte est né.

L'Idole, jadis vénérée, a encore ses fervents, mais l'Idole est devenue bibelot.

Dans ce culte, la statuette d'un dieu jadis redouté se confond, d'ailleurs, avec l'éventail enguirlandé d'une marquise d'antan ou la bonbonnière peinte par Blarenberghe.

Culte étrangement moderne que celui-là, dont les autels sont les boudoirs où s'étale, dans un amusant pêle-mêle, un joli et chatoyant fouillis de très anciennes choses...

Ce n'est pas au passé que nous

*sommes fidèles, c'est à la « vieille-
rie » chèrement acquise!*

*Le Dieu Bibelot a, lui aussi, son
Temple, ses rites, ses mystères, ses
solennités...*

*Mais, plus favorisé que les reli-
gions disparues dans le scepticisme
actuel, le Dieu Bibelot a pour ado-
rateurs des Parisiens aimables et
de belles mondaines pour prêtresses.*

.C'est un heureux Dieu!

Novembre 1887.

LE
DIEU BIBELOT

LES
Collections originales.

I

UNE COLLECTION D'ADRESSES

A côté des grands amateurs, qui ne se préoccupent que de la recherche d'œuvres d'art de haute valeur, il existe à Paris nombre de curieux qui ont formé, en s'adressant presque uniquement à un genre, de petits musées typiques. Ces galeries, confinées dans une spécialité d'un caractère original, ne sont peut-être pas les moins intéressantes. N'y a-t-il pas toute une exploration, bien parisienne, à tenter sur ce terrain ? Est-ce là de la « manie » ? Mais qui dira la limite où elle s'arrête, quand il s'agit de collections et de collectionneurs ? Il suffit, en somme, pour amnistier les goûts les plus bizarres, que les objets réunis présentent un côté de piquantes recherches.

Voici, par exemple, une collection très attachante au point de vue de l'histoire anecdotique de Paris. C'est une collection de prospectus anciens, d'adresses de commerçants, de billets de bal ou de faire-part, de cartes de visite d'autrefois. Elle appartient à un expert estimé, M. Gandouin, qui y consacre pas-

sionnément ses heures de loisir. Et
n'y aurait-il pas, en passant, un
trait d'observation à relever, très
humain ? Un acteur qui se trouve
avoir par hasard un soir libre, va,
le plus souvent, le passer au spectacle. De même, la plupart de ceux
qui sont mêlés, par métier, au mouvement de la curiosité, sont, pour
eux-mêmes, de fervents collectionneurs. Les habitudes profession-
nelles nous tiennent toujours, et
nous tiennent bien.

Qu'on ne s'y trompe pas, d'ailleurs : l'art, sur ce chapitre, trouve
une large place. Dans ce monceau
d'estampes ayant un but pratique,
s'il en est qui ne sont que curieuses
par ce qu'elles ont de documentaire
en ce qui regarde les inventions du
commerce parisien, il en est aussi
de très raffinées. On commence,
aujourd'hui, à rechercher certaines
affiches industrielles contempo-

raines, d'un goût ingénieux, qui auront plus tard leur place dans des galeries sérieuses. Des artistes de race n'ont pas non plus dédaigné, autrefois, de mettre leur crayon ou leur burin au service de fantaisies commerciales ou mondaines.

Moreau le jeune, par exemple, n'a pas dessiné seulement, au dix-huitième siècle, entre ses compositions importantes, des billets de bal pour la cour, comme celui qui, à la vente Mahérault, se vendit 1,556 fr., il a fait aussi jusqu'à des adresses de marchands. N'a-t-on pas, de lui, un prospectus du tailleur Chamot, rue de la Harpe, « vis-à-vis la rue Percée », un joli cadre, où un rideau, délicatement drapé, servait à l'inscription de l'enseigne ? Pour l'horloger Fagard « cour du Prince, entre les deux grilles », ne composait-il pas une pendule enguirlandée de fleurs, posée au-dessus d'un

socle ? Pour l'entrepreneur La Ville,
rue Basse-du-Rempart, n'imaginait-
il pas un grand monument en cons-
truction, auquel travaillaient de
très coquets ouvriers ? En 1877, on
retrouvait aussi de lui un en-tête de
lettre pour la Compagnie du dessé-
chement des marais de Bourgoin.

Augustin de Saint-Aubin, le gra-
veur de tant de délicieux portraits
de femmes, fit bien, lui, des vi-
gnettes pour... un apothicaire, le
sieur Duparc ! Quant à l'encadre-
ment qu'il dessina pour François
Quillau « Vend, Loue et Achète des
Livres tant anciens que nouveaux
sur toutes sortes de matières », il
sert aujourd'hui au prospectus du
libraire Rapilly.

Prevost, l'ami et le collaborateur
de Cochin, a esquissé une ravissante
composition pour un professeur, le
sieur Dangis de Bellegarde, « lequel enseigne la géométrie, l'art de

la guerre et la géographie, donne
des leçons en ville aux dames et sei-
gneurs et prend chez lui des pen-
sionnaires, en sa demeure de la
Croix-Rouge », Il faisait aussi des
certificats pour distributions de
prix. Il en reste un — un prix d'en-
couragement — daté de 1783, qui
avait été donné à une « citoyenne »
de sept ans.

M. Gandouin possède nombre de
cartes de visite sous forme de dessins, ou agrémentées d'ornements.
A la fin du dix-huitième siècle, on
remplaçait volontiers la mention
banale dn nom par un portrait.
C'est ainsi que le marchand d'estampes Bazan avait fait graver son
médaillon par Choffard, au milieu
d'attributs artistiques, avec cette
devise : *E cœca nocte sepulchri vin-
dicat artifices.* « Il venge les artistes
de la nuit du tombeau. »

Mais voici des prospectus qui ne

sont plus que plaisants. Dans un cadre, un nègre, épanouissant un large sourire. Il a aux oreilles d'immenses anneaux. La caricature est grossière, mais amusante. Au-dessous, on lit : « *A la Teste noire* », rue des Arcis, vis-à-vis le Singe vert — Larcher, marchand papetier vend toutes sortes de beau et bon papier, les bonnes plumes d'Hollande, la véritable ancre double et luisante, le tout à juste prix. »

Le sieur Leclercq, qui a pour enseigne : « Aux armes de S. A. la princesse de Conty », et qui les a fort pompeusement dessinées en tête de son adresse, n'affirme pas moins qu'il est seul en possession de la véritable encre double ! Le prospectus est curieux, parce que c'est la première fois qu'on y trouve mentionnée la vente des journaux.

Il serait plaisant de suivre les progrès de la réclame, d'après ces adresses de marchands. Elle est encore timide, en ce dix-huitième siècle. Estienne, propriétaire du Gagne-Petit, « la sixième maison en entrant par la Halle aux draps » affirme seulement qu'il y a chez lui meilleur assortiment « qu'où que ce soit » de fichus, crêpes et taffetas. Nos commerçants parisiens ont fait du chemin, depuis ce temps-là ! Ce sont, alors, les droguistes qui donnent la note la plus avancée, dans leurs prospectus illustrés. L'un d'eux, au-dessous d'un cadre orné de plantes médicinales, que cueille dans un des angles, une divinité mythologique, annonce qu'il a trouvé une liqueur certaine pour la guérison des « phtisiques et des pulmoniques », qu'il vend en même temps que sa célèbre « tizane philtrée pour purger agréablement la bile, la pituite et généralement toutes les superfluités. » Mais qu'est-

ce encore, à côté des « infaillibles »
recettes des guérisseurs d'aujour-
d'hui ?

Tous ces feuillets jaunis donnent
une amusante évocation du bon commerce parisien d'autrefois. Trom-
pait-on moins les clients ? Il semble, à feuilleter ces adresses
fantaisistes, qu'on les trompait du
moins plus aimablement qu'à présent!

II

UN CIRQUE EN CHAMBRE

Connaissez-vous le « Cirque
Montchanin ? » On n'y accède point
par une vaste entrée, et il n'y a à frap-
per qu'à la porte d'un coquet petit
hôtel. On ne sent, en y pénétrant,
aucune des odeurs particulières

aux établissements hippiques : la
raison est qu'il n'y a là ni piste, ni
écuries, ni chevaux... Cette quali-
fication de « Cirque » est tout simplement le surnom familier donné
à la collection d'un vieil amateur,
habitant cette calme et silencieuse
rue du quartier de Villiers, qui a,
à la vérité, la passion de tout ce qui
touche aux exhibitions équestres.
Cette passion ne va pas pour lui,
d'ailleurs, sans un certain scepticisme : en vrai philosophe, en
bon Parisien qu'il est, il s'amuse
moins des prouesses des écuyers et
des écuyères que de leur vanité, de
leur naïf amour-propre, mêlé souvent de quelque simplicité d'esprit.
Très écouté, d'ailleurs, très connu
et très aimé de ce petit monde de
virtuoses de la cravache, il est volontiers leur conseiller et leur ar-
bitre. On tient à ses avis plus qu'à
des louanges imprimées, et il n'est

pas de débutant qui n'aille le solli-
citer, ni d' « étoile » qui ne tienne à
son appréciation. C'est une aimable
et souriante figure que celle de ce
spécialiste qui jouit, dans le clan des
artistes du cheval, des clowns et des
acrobates, d'une influence de grand
critique.

C'est que nul ne possède, comme
lui, les « traditions » de l'art du
Cirque. Il n'a pas seulement connu
tous ceux qui, depuis trente ou
trente-cinq ans, ont brillé dans l'a-
rène : il a vécu aussi, par une érudition particulière, avec toutes les
dynasties d'écuyers, d'hercules et de
jongleurs du passé. On dirait qu'il
a été l'ami de Magarieni, l'illustre
« maître de danses de corde et sau-
teur par force » du dix-huitième
siècle, et qu'il a reçu les confidences
du premier des Franconi. De fait, il
s'est entouré d'une collection, infiniment curieuse, d'estampes et de

documents de tous les temps, ayant
rapport au Cirque. Ce sont les
portraits de tous les « maîtres »,
des spécimens de costumes, des
affiches, des programmes, des boni-
ments de « phénomènes ». C'est
une évocation de toute l'histoire du
Cirque. Quelques-unes de ces estampes, dessins de Carle Vernet ou
gravures de Grimaldi et de Debu-
court, ont, en outre, un intérêt artistique ; d'autres sont simplement
typiques. Pas un coin de l'hôtel qui
ne soit couvert de ces plaisants
dessins.

Ce qui ressort de leur étude, c'est
qu'il n'y a — en fait d'acrobaties ou
d'art équestre — rien de nouveau
sous le soleil, et que les « artistes »
d'aujourd'hui n'égalent pas leurs
prédécesseurs. Retrouvez donc, à
présent, les exercices de Ralph,
« écuyer privilégié du roi » qui, au
dix-septième siècle, franchissait un

tonneau d'une incroyable longueur
ou les prodigieux équilibres de Le-
gagneur, quelque cinquante ans
plus tard.

Cette collection apprendra que
l'emploi d' « Auguste » est de très
ancienne date, par exemple. Sous
Louis XIV, il existait dejà sous le
nom, plus poétique, de « Grippe-
Soleil ». Grippe-Soleil, deux cents
ans avant les clowns du Cirque-
d'Hiver, dressait des cochons en
liberté et leur faisait franchir des
cercles enflammés : une gravure
contemporaine l'atteste. La scène
comique, jouée à cheval, du tailleur,
ou les métamorphoses, accomplies
en galopant, sont du même temps.
Les écuyers italiens, qui furent les
grands initiateurs, avaient tous ces
tours dans leur sac.

Voici la galerie des « gloires » du
Cirque : Franconi vient en tête en
costume de Léonard, debout sur un

cheval noir, tel que l'a dessiné
Vernet; Joseph et Angélique qui
jouaient au trot, puis au galop, la
grande scène d'Estelle et Némorin;
l'illustre Paul qui faisait le grand
écart sur trois chevaux sans selle ni
bride; Adams qui, déguisé en
groom, faisait mourir de rire nos
pères en cirant des bottes, à cheval;
Cuzent, en empereur romain; Paul
Lalanne, dans la *Poste royale*, tenant les rênes de cinq pur-sang et
agitant triomphalement un chapeau
enrubanné; Lejars, en soldat, faisant, tout droit sur la selle, le salut
militaire; et la grande madame
Saqui, dansant sur la corde en In-
dienne de fantaisie, coiffée d'un
formidable casque à plumes, et les
Lormet, et les Bouthor, et Maria
d'Embrun, et Coralie Ducis, et Had-
wigir!

Puis ce sont les animaux savants,
qui n'ont pas laissé — artistes à

deux et à quatre pattes ont eu souvent des lauriers pareils! — une moindre renommée; Munito, le chien
qui jouait aux dominos; Emile,
celui qui ôtait et remettait son col-
lier et qui à ce qu'on raconte, avait
pris, dans l'habitude du succès,
une vraie vanité de cabotin, le cheval Polka, qui faisait danser des
marionnettes; l'incomparable élé-
phant Baba, tirant, au jardin de Ti-
voli, des coups de pistolet, et le
cerf Coco, et son rival Azor passant
au milieu des flammes.

Les anciennes affiches foraines
ne constituent pas une des moins
piquantes parties de la collection.
On s'entendait déjà joliment à la
réclame, au commencement du
siècle : les placards de Herr Modeste, qui se faisait représenter par
un dessinateur naïf, dans les plus
invraisemblables situations triom-
phales, en sont la preuve ; et ceux

qui portent en lettres immenses,
au-dessous de la silhouette d'un
jongleur enlevant des poids trois
fois grands comme lui « attitudine
del sign. Luigi Tournair », ne dé-
mentent pas cette opinion. Les affiches des premiers Loisset ne sont
pas moins amusantes. Voici aussi
l'annonce des exhibitions d'un
phoque, sous le Directoire : « Il
donne ses petites mains, plusieurs
baisers même quand on les demande, il retourne son joli corps
pour se faire voir aux curieux. »

Voici cent autres curiosités : un
jeu de l'oie, où les oies (est-ce une
malice?) sont remplacées par des
danseurs de corde, puis une série
de petits saxes exquis, représentant
des dompteurs, des écuyers, des ba-
ladins, des gravures introuvables
de costumes de jongleurs anciens.
Rien ne manque, dans ce petit musée, de ce qui concerne les héros

de la force ou de l'adresse. —
Comme, en fait de Cirque, tout ce
passé était plus gracieux que les
contorsions de « l'école anglaise »
qui jette une sorte de note macabre
dans les plus bouffonnes clowne-
ries !

III

CLEFS ET SERRURES

J'ai été obligeamment introduit,
ces jours-ci, dans un petit musée
d'un genre très particulier, com-
mencé il y a quelque quarante ans,
par un peintre, M. Le Secq des
Tournelles, et continué aujourd'hui
par son fils. Il s'agit d'une collection... de clefs, réunies avec passion, de tous les temps et de tous
les styles, en fer, en acier, en ar-

gent et en or. Les esprits positifs
peuvent admirer, sous ces vitrines,
des spécimens d'un travail ingénieux, servant à l'histoire d'une
branche de l'art. Mais il n'est pas
défendu de rêver un peu, en présence de ces épaves d'un temps disparu et, devant ces centaines de
clefs de formes diverses, des évoca-
tions viennent toutes seules à la
pensée. Les lourdes et massives
clefs, d'un poids invraisemblable,
disent les villes d'autrefois, fermées
par des portes épaisses, devant lesquelles des défis chevaleresques
s'adressaient à l'ennemi, et il semble
voir passer des bourgeois équipés
en guerre pour la défense de leurs
libertés, de même que les mignonnes
petites clefs ciselées, curieusement
et précieusement fouillées disent
de galants rendez-vous. La porte
qu'elles ouvraient, celles-là, c'était
la porte du bonheur, mystérieuse-

ment conquis. Par quelles jolies
mains ont-elles été données, tandis
que de grands serments s'échan-
geaient, à un vainqueur heureux !
D'autres clefs à peine ornées, so-
lides surtout, disent les secrets
d'Etat contenus dans des coffrets,
et tous les mystères de la politique.

M. le Secq des Tournelles a re-
constitué toute l'histoire de la clef.
Voici les clefs antiques, de forme
rudimentaire, à quatre dents, toutes minées par le temps. La serru-
rerie est peu compliquée, mais déjà
l'on trouve d'intéressantes orne-
mentations. Une clef de cirque par
exemple, présente une tête de lion,
étrangement grimaçante, elle ou-
vrait aux belluaires la cage des
fauves contre lesquels ils allaient
combattre : de quelles luttes san-
glantes a-t-elle été témoin ?

Puis voici les clefs mérovin-
giennes, encore grossières, puis les

clefs quadranguiaires du moyen-âge,
où commence la fantaisie de l'arti-
san, dénotant une habileté de
main incroyable. Merveilleusement
ajourées, elles reproduisent, dans
leur anneau, des armoiries ou des
figures de saints ; elles sont évidées
et ciselées comme par des orfèvres.
M. Le Secq possède notamment
toute une série de clefs d'évêques
avec leurs armes. C'est la grande
époque de la ferronnerie, pour laquelle la province de l'Ile-de-France
reste sans rivale.

Voici toute une vitrine consacrée
aux chefs-d'œuvre des compagnons
qui prétendent à la maîtrise. La
forme quadrangulaire domine. La
poignée des unes figures un châ-
teau-fort ou un pavillon ; d'autres
se terminent par des têtes de faunes
ou par des chimères ailées. Une
clef de Nicolas Vadé (car la plupart
sont alors signées) représente le

Christ, sur une espèce de niche.
C'est le temps où maître Jousse, le
grand serrurier, prévient les « ap-
prentifs » que le métier est dur, et
qu'il faut avoir, pour l'exercer, la
vraie vocation. Attributs de feuil-
lage, animaux fantastiques, tro-
phées d'armes, couronnent les in-
comparables clefs de la Renais-
sance : les artistes du fer semblent
alors jouer avec la matière rebelle
et se plaisent à l'asservir à leurs ca-
prices. Et l'on pense aux vers de
Gautier :

> Sculpte, lime, cisèle,
> Que ton rêve flottant
> Se scelle
> Dans le bloc résistant !

Voici les clefs d'un délicat travail,
coquettes et charmantes, du dix-
huitième siècle. Ce sont « les clefs de
mariage », bijou symbolique que
remettait jadis l'épousée à l'époux,

ou clefs de coffrets et d'armoires. La perle de la collection est une clef damasquinée, portant deux chiffres enlacés au milieu de roses et de pâquerettes ; elle est attribuée à Louis XVI, qui devait, en effet, figurer dans cette galerie. Disons, en passant, qu'elle n'a pas été achetée moins de cinq mille francs, ce qui, pour une clef, est, on en conviendra, un prix respectable.

C'est le moment de toutes les ingéniosités : Voici les clefs « à papillon », qui peuvent ouvrir deux portes et dont la poignée est mobile, et les clefs à stylet qui devenaient une arme au besoin. C'est enfin toute la galerie des clefs de chambellans, dorées, aux armes de rois ou de prince férus de l'étiquette. Que de chimériques adulalations, que de trompeuses flatteries elles durent entendre, celles-là !

A côté des clefs, voici les serrures,

magnifiquement ornées, dont le
bouton est formé par une tête
d'ange ou de héros, au milieu d'ornements de blason. Dans l'une
d'elles, du quinzième siècle, véritablement admirable, une vierge, tenant une épée, est encastrée entre
deux petits baldaquins d'une finesse
de dentelle. Une exquise serrure
Louis XVI figure deux armures
traînant un char, et le pène est
formé par une chimère. Puis ce
sont aussi des verrous, provenant
des châteaux de François 1er et figurant l'F, orné d'attributs. Certaines serrures ont, dans leurs allégories, jusqu'à trente personnages.
D'autres, dont le bon Mercier s'in-
dignait, sont infiniment plus profanes. C'est lui qui émettait d'ailleurs cet axiome bizarre : « les peu-
ples sans verroux possèdent les
femmes les plus chastes. » Et il en-
viait les habitants de la Savoie qui

n'avaient pour toute fermeture
qu'un loquet de bois !

A côté des serrures et des verrous,
voici les cadenas, grands cadenas
de villes, à ressorts ou cadenas
joliment gravés, à secrets, qui semblent avoir gardé jalousement des
lettres brûlantes de passion. L'un
figure une horloge, et, pour qu'il
s'ouvre, il faut mettre l'aiguille sur
une heure déterminée. Le dix-huitième siècle a produit un nombre
inimaginable de ces mystérieuses
fermetures, qui firent la fortune
des Georget et des Calippe.

Voici aussi nombre de marteaux
de portes à emblêmes, et de heur-
toirs armoriés, majestueux ou gro-
tesques, représentant des animaux
monstrueux. Un heurtoir provenant du château de Foix montre le
combat symbolique de la salaman-
dre et du lion.

Le fer, sous toutes les formes,

passionne d'ailleurs M. le Secq, qui
a recueilli aussi de bien plaisantes
enseignes d'autrefois, comme celle
d'un cabaret : Une pensée fleurit
devant un ermitage, dont un moine
s'approche. Le calembour est tra-
ditionnel dans les enseignes. Cela
signifie : « Pensez à l'ermitage. »
Ce sont encore des fers à repasser,
des poids, des râpes à tabac, aux
amusantes devises et jusqu'à... des
tire-bouchons. Il y en a des centaines curieusement travaillés, —
dignes d'un temps où le vin valait
encore la peine d'être débouché
avec des égards religieux !

IV

UN MUSÉE DE CANNES

Dans le *Fils de Porthos*, le drame
de l'Ambigu, une certaine canne à

secret, qui contient un message
d'Aramis au gouverneur de Fri-
bourg, jouait un rôle important,
à ce point que, en bonne justice, on
aurait dû la rappeler, à la fin de la
pièce, en même temps que les ac-
teurs. Elle est, toutefois, bien
simple encore en comparaison de
certaines cannes compliquées et
bizarres qu'a réunies passionnément
un amateur parisien qui m'a obligeamment ouvert les portes de son
petit musée, mais en me priant de
ne pas le nommer. On saura d'ailleurs, quelque jour, le nom de ce
curieux, confiné dans cette assez
piquante spécialité, car son intention est de léguer bientôt à l'un de
nos musées son originale collection

C'est toute l'histoire de la canne
qu'il s'est plu à former, depuis le
tempsoù elle est encore une sorte
d'arme, jusqu'à l'époque où elle n'est
plus que purement fantaisiste.

La voici, dans les mains des Francs de Charlemagne, en bois de pommier, surmontée à peine d'un ornement, solide et ferme, capable d'ouvrir, au besoin, le chemin à celui qui la porte ; puis, pendant longtemps, elle ne laisse plus de traces artistiques, elle n'est plus qu'un bâton pour les vieillards ou pour les paysans. Mais elle reparaît au seizième siècle, objet d'art autant que d'utilité.

Sous Louis XIII, c'est sa grande époque : elle est longue, majestueuse, imposante. Elle monte jusqu'à la poitrine, faite d'ébène et d'ivoire, elle écarte les faquins, elle inspire le respect, nul ne songe à en rire. Longtemps encore, elle demeure pompeuse, bien qu'elle s'orne de plus en plus, qu'on en sculpte et qu'on en travaille la pomme, ou qu'on l'incruste même de pierres précieuses. Les archives du minis-

tère des affaires étrangères, qu'a
consultées M. Maze-Sencier au
sujet des présents royaux, mention-
nent dès lors des cannes à pomme
d'agate enrichie de diamants, données comme cadeaux aux ambassa-
deurs.

Le bourgeois batailleur, qui l'a
agitée en l'air, pendant la Fronde,
n'ose pas encore faire décorer sa
canne, mais il lui donne déjà une
pomme d'or, cette pomme d'or, qui,
dans la suite, deviendra vénérable
et digne, incarnant la *respectabilité*
de l'homme posé, médecin ou notaire ou banquier.

La canne, en ce temps-là, évoque
aussi l'héroïsme militaire. Condé et
Turenne la portent à la guerre, toujours longue, un peu plus flexible,
et c'est de la canne qu'ils désignent
aux troupes la position qu'il va fal-
loir enlever. Villars se contente,
lui, d'une canne à pomme de plomb,

sans le moindre luxe, qu'il manie peut-être avec affectation, parce qu'elle lui rappelle une blessure dont il a la coquetterie.

La canne devient mignonne et jolie au dix-huitième siècle ; elle est armoriée et ciselée, à pomme d'argent fouillée curieusement, ou de porcelaine de Saxe, de Sèvres, de Vitry ou de Chantilly. Les élégants la veulent de chez Germain, Choquart ou Durier. Les femmes la portent aussi, non plus par le haut, fièrement, comme jadis la Grande Mademoiselle, mais par le milieu. Il y en a, alors, d'exquises, que Blarenberghe n'a pas dédaigné d'orner, représentant, sur le bec, des scènes galantes ou des paysages idylliques. La canne est aussi à devise : en voici une, par exemple, dont la pomme figure deux amours jouant avec des colombes, avec cette légende : « L'amour les rend capti-

ves ». C'est une de ces cannes-là
qui figure dans le tableau de Jac-
quet, *la Première arrivée.*

L'orage qui s'amoncelait éclate.
La canne subit aussi sa révolution.
Elle est alors lourde et massive ; elle
se démocratise. Puis, avec les mus-
cadins, elle affecte la forme de
vrille ou bien elle devient d'une
grosseur démesurée. Elle est volontiers batailleuse, et ce n'est pas sans
crânerie, qu'elle se livre à de violents
moulinets. Elle est repassée à l'état
d'arme. Elle jouera le même rôle,
après l'Empire, se trémoussant
entre les doigts des officiers en
demi-solde, dans les cafés du Palais-
Ro y

Puis elle diminue de volume et
de longueur, et les « lions » qui
viennent de sacrer Tortoni la ré-
duisent à l'état de badine. Pendant
ce temps, devenue aussi un em-
blême populaire de travail, elle

s'orne de rubans larges, elle se pa-
voise pour les assises du compa-
gnonnage.

Enfin, ses souvenirs de grâce, de
vaillance, de bravoure aboutissent à
la canne d'aujourd'hui, ayant perdu
son caractère mâle et même ce petit
air d'insolence qui lui seyait si bien.
Elle est banale, ou elle est bête,
avec sa pomme figurant une boule
ou une tête grotesque d'oiseau.

C'est l'histoire régulière de la
canne, cela ; mais, à côté de ce dé-
filé obligé de cannes de tous styles,
voici les curiosités amusantes. C'est
par exemple, une canne assez large
du dix-huitième siècle, à bec re-
courbé. Elle se démonte et laisse
tomber de ses flancs une pochette
de maître à danser.

Ce sont aussi les cannes à sifflet
qu'on vendait, vers 1760, aux
amateurs de théâtre mécontents.
On raconte que La Harpe en acheta

une, trouvant cette invention fort
plaisante. — » Ah ! oui, lui dit le
marchand, on les a inaugurées le soir
de la première représentation des
Barmécides, de l'ennuyeux M. La
Harpe.

La Harpe, comme on l'imagine,
trouva aussitôt l'invention infiniment moins drôle.

Voici une des cannes, ficelées en
corde à boyau, qui étaient fort en
vogue sous la Révolution ; elles contenaient un sabre droit. Quand aux
cannes-tabatières, ou à drageoirs
elles sont presque communes. Une
curieuse canne contient, dans sa
poignée aplatie, un minuscule
exemplaire de la déclaration des
Droits de l'homme. Une autre, de
la même époque, est tout un nécessaire de voyage, avec compartiments
pour l'encrier, la plume, les brosses,
le savon : c'est tout un monde qu'on
en retire !

Voici les cannes politiques, comme on en fabriquait, pour les bonapartistes, sous la Restauration. On dévissait la pomme, et le bois découpé offrait, en le posant en face d'une feuille de papier, la silhouette de Napoléon. Tous les anciens soldats en possédaient une analogue, en dépit de la police.

Notre collectionneur, dans un petit coin de son musée, s'est plu, en sceptique, à réunir les cannes d'hommes celèbres qu'on lui a vendues, avec un bel aplomb. La canne de Voltaire y figure naturellement — à cinq exemplaires!

Un de ses regrets est de ne pas posséder une de ces cannes que fit Palloy, dont la pomme est formée d'un morceau de pierre de la Bastille, reproduisant l'aspect de la forteresse. La famille de La Fayette en possède une, ainsi façonnée. Il en a bien trouvé de ce modèle, mais manquant de certains petits signes qui affirmeraient leur authenticité absolue.

Voici encore les cannes de guides, très bizarrement sculptées d'attributs naïfs. Une canne ancienne d'Infanger, le guide célèbre de l'Isenthal, représente un paysan portant allègrement sur ses épaules un ours qui fume béatement sa pipe. C'est une canne vénérable que celle-là, qui date bien de deux cents ans, et elle a dû voir plus d'une aventureuse entreprise! Voici, enfin, les cannes à musique, plus ingénieuses que jolies. On sait que Napoléon en avait une à pomme d'écaille, qui l'amusait fort, et qui doit être, aujourd'hui, en Angleterre.

Cannes maniées par des mains robustes ou par des mains aristocratiques, pacifiques ou belliqueuses, simples ou compliquées, elles sont là, témoins de temps évanouis,

dans une retraite heureuse, choyées
et soignées par un amateur dont
elles font l'innocent bonheur. Elles
lui parlent, elles lui content des
histoires galantes ou guerrières,
des prouesses et des scandales. Heureux les collectionneurs qui savent
entendre ainsi le langage des
vieilles choses !

V

LETTRES D'ASSASSINS

Voici de piquantes archives, —
les archives du crime ! Un amateur
passionné d'autographes, M. Derriard, qui compte d'ailleurs dans
son cabinet des collections d'une
valeur vraiment artistique, s'est plu
à rechercher toutes les lettres typiques qui peuvent exister de crimi-

nels célèbres. Il est difficile dans
les choix, au reste, et il faut, pour
figurer dans ce curieux petit musée,
avoir été un assassin de marque, un
assassin honoré de la curiosité dé-
chaînée de la foule ou, tout au
moins, un accusé dont le procès ait
été retentissant! Il faut que la main
qui a tracé les lignes qu'il recueille
avec un soin jaloux ait manié un
instrument de mort ou ait savam-
ment préparé quelque poison. Pour
avoir le droit de figurer dans cette
petite galerie particulière, on doit,
en un mot, montrer — patte *rouge*!

Dès qu'une affaire criminelle est
signalée, M. Derriard se met en
quête de se procurer quelques mots
signés par le coupable, se livrant
parfois, pour arriver à ses fins, à la
diplomatie la plus compliquée. Vous
imaginez s'il a voué aux gémonies,
récemment, M. Taylor qui, en n'ar-
rêtant personne, le privait du plai-

sir de joindre au dossier du crime demeurant impuni, une nouvelle lettre de chenapan émérite!

C'est tout un passé d'horreurs — et des horreurs les plus variées — qu'évoque cette bizarre collection, qui fournit des « documents humains » d'un genre tout particulier.

Feuilletons, sans autre préambule, ces lettres tragiques de criminels de tout rang. Voici, par exemple, un billet laconique de Collignon, le cocher assassin de M. Juge, tracé d'une belle et large écriture, où il supplie M. Jules Favre de le venir voir à la prison des Madelonnettes, où il est détenu. En voici un autre de Contrafatto, le prêtre condamné en 1827 aux travaux forcés pour viol. Il implore la protection de M. Cerisier, commissaire des hôpitaux à Brest, et le conjure « de ne pas oublier un innocent, victime de mauvais esprits, jeté dans les fers au milieu d'hommes iniques » ; il ter_mine en le priant de « recevoir ses larmes qui roulent sans cesse vers lui. »

Voici des vers de Lacenaire, l'assassin-poète, datés de décembre 1836, quelques jours avant son exécution, et adressés à Altaroche, du *Charivari*. On sait que l'on se disputait en ce temps-là les élucubrations poétiques de Lacenaire et que de belles Parisiennes ne dédaignaient pas de se livrer à mille sollicitations pour l'aller voir dans sa cellule :

Je suis un voleur, un filou,
Un scélérat je le confesse ;
Mais quand j'ai fait quelque bassesse
Hélas, je n'avais pas le sou !

Et, se plaignant, avec un aplomb étonnant, qu'on eût pastiché ses vers (oh! la vanité littéraire, sub-

sistant au seuil de l'échafaud !) il
ajoutait :

Un pauvret de grand appétit
Peut bien être tenté du diable ;
Mais pour me voler mon esprit,
Etes-vous donc si misérable?

Voici une lettre, d'un tour philo
sophique, de Fieschi, écrite dans
un style et une orthographe qui ne
manquent pas d'originalité. Elle est
adressée de la prison du Luxembourg à M. Créneau, *houissier* près
la cour de Paris :

« ... Mais que dire que, lorsque la
nature a créez l'homme, le laisse libre
et lui place deux chemins devant lui,
le bon et le mauvais, et moi j'ai prict
le dernier. Maintenant, que dévigné?
(devenir.) Il s'agit de boire le calice
jusqu'à la lie. Cette lettre, monsieur,
ceras peut attre la dernière que j'au-
rai l'honneur de vous adresser. Agréez
ma plus autt considération: je regret

que jamais je pourrai vous être re-
connaissant. »

Madame Lafarge devait figurer
aussi dans cette galerie. Voici une
lettre d'elle, écrite le jour même de
sa condamnation, où elle dit que,
« courbée sous les plus odieuses ca-
lomnies, morte au monde, quelques
nobles croyances ont seules rési-
gné son malheur, quelques nobles
amis lui ont seuls donné la force de
vivre encore pour vouer son avenir
à sa réhabilitation. »

Une autre lettre, postérieure de
quelques mois, accuse réception à
M. Chareyre de l'envoi d'une pommade pour faire repousser les cheveux :

... Je suis malade, découragée, en-
nuyée, je veux seulement vous aimer
un peu... beaucoup. Votre pommade
est excellente, mais vous gâtez votre
pauvre Marie! Mes pauvres cheveux

vous en seront bien reconnaissants, et
ils pousseront pour vous témoigner
leur gratitude... On vous sacrifiera
la première petite boucle qui frisera
par la grâce de ce doux parfum.

Les ambitions et les cupidités de
La Pommerais, le médecin qui devait empoisonner une de ses clientes
pour hériter d'elle, percent dans
cette lettre écrite par lui, quelques
années avant son crime, à un agent
matrimonial :

... Je finirai ma lettre en vous répé-
tant qu'il est inutile de faire quelques
démarches, si la jeune personne ne
réunissait pas à un physique très agré-
able une dot de 200,000 francs au
moins. Vous avez dit à M. Courboulaz
que ce qui vous empêche de trouver
mon affaire, c'est mon titre de médecin, que celui de comte serait préféra-
ble. Je ne pense pas que les deux puis-
sent nuire, les ayant tous les deux à
la fois.

S'il avait trouvé alors son « affaire », comme disait La Pommerais,
les fastes judiciaires auraient sans
doute compté une cause célèbre de
moins !

Papavoine est aussi représenté
par une lettre, du 16 décembre 1824,
à sa mère, lettre tout à fait édifiante,
d'ailleurs, et d'un ton quelque peu
pleurard : « Je partage votre pensée :
Dieu est le seul consolateur des
malheureux, et lui seul peut les juger sans partialité. »

Moreau, l'herboriste de Saint-
Denis, sur la culpabilité duquel
planent d'ailleurs aujourd'hui certains doutes, apparaît, même en
prison, un esprit froid, positif, un
homme d'ordre avant tout. C'est
ainsi que, de Mazas, il écrivait au
directeur des postes pour se plain-
dre qu'une lettre qu'il avait envoyée
ne fût pas parvenue. Cette menue
réclamation, à la veille de l'exécution,

ne fait-elle pas passer un petit frisson ?

Voici une lettre de Lebiez, écrivant à un éditeur, pour lui proposer un ouvrage. Qui sait, aussi, si une réponse favorable à ce « raté » vaniteux ne l'eût pas arrêté sur la voie du crime ?

C'est encore, dans une écriture très mauvaise, mais lisible, la lettre adressée par Troppmann à M. Aubryet, juge d'instruction, pour lui indiquer l'endroit où il avait caché le portefeuille soustrait à ses victimes. Puis un billet de l'abbé Verger, l'assassin de Mgr Sibour, demandant — un mois avant son crime — des renseignements au sacristain de la cathédrale de Meaux sur la meilleure manière de sonner les cloches ; puis, quelque lignes de Davinain — celui qui disait : » N'avouez jamais !.» — piquantes en ce sens qu'elles contiennent précisément ses aveux.

Voulez-vous des condamnés « dis-
tingués? » Voici des lettres du notaire Peytel, l'ami de Gavarni et de
Balzac, à son défenseur; voici une
lettre de recommandation du duc
de Choiseul-Praslin à un général;
voici des doléances du lieutenant de
La Roncière Le Noury, condamné
pour rapt et viol sur la fille du général baron de Morell, commandant
de l'école de Saumur.

... Depuis le jour où une malheu-
reuse condamnation a été prononcée
contre moi, je ne suis pas encore venu
me réclamer de vous, je ne vous ai pas
encore demandé de vous employer en
ma faveur près du ministre de l'intérieur. Jusqu'à ce jour, j'avais toujours
espéré que l'extraordinaire de ma condamnation, si ce n'était la position
sociale de ma famille, me procurerait
quelque adoucissement dans les pri-
sons où la loi me *jetais* »

Je n'ai cité, presque au hasard,

que les pièces les plus typiques de
ces volumineux dossiers du mal.
Pour dire le vrai, la plupart de ces
écritures d'assassins dérouteraient
fort les graphologues par leur air
de candeur et d'honnêteté.

C'est ainsi qu'un pacifique et
doux amateur, qui est au reste, en
d'autres branches de la curiosité,
un érudit éclairé, se plaît au milieu de ces souvenirs tragiques.
C'est lui surtout qui, en dilettante
de procès de cours d'assises, pour-
rait répéter le mot célèbre : « C'est
beau, un beau crime ! »

VI

UNE OFFICINE D'APOTHICAIRE

— Puisque vous avez découvert
ma retraite et que vous m'avez surpris en flagrant délit de manie, au

moins n'allez pas me nommer !...
Je vous introduirai volontiers dans
le sanctuaire, mais soyez discret sur
ma personne !

Tout en me faisant, en riant, ces
recommandations, un aimable vieillard, encore très vert, m'introduit
dans le petit hôtel qu'il habite dans
le quartier Monceau.

— Connaissez-vous, reprend-il,
la légende du cantonnier en retraite
qui achetait très cher des cailloux
pour avoir le plaisir de les casser,
alors qu'il n'avait cessé de pester
contre la dureté de son métier, pendant qu'il l'exerçait !... Je suis un
peu cet homme-là. Au lieu de casser des cailloux, j'ai concassé des
drogues dans le mortier... j'ai été
trente ans pharmacien, aspirant à
l'heure du repos, et je n'ai pas été
plus tôt libre — que j'ai recom-
mencé. Oh ! en amateur, il est vrai,
en me plongeant dans le passé !...

Pharmacien et collectionneur,
qu'est-ce que vous dites de l'accou-
plement de ces deux mots-là !

— Je dis, ma foi, avant d'avoir
pénétré dans le petit musée qu'on
m'a dépeint comme fort curieux,
que tous les collectionneurs sont
loin d'avoir tant de bonhomie.

— Vraiment ? Mais moi je suis
confus, je vous assure, de me sur-
prendre, avec mes cheveux blancs,
à faire ainsi *joujou* avec ces épaves
du vieux temps.

Et, sans plus de préambules, mon
hôte ouvre une porte, et je me
trouve dans une vaste salle, machi-
née comme un décor; c'est une re-
constitution exacte d'une officine
d'apothicaire du seizième siècle.
Sur des planches courant le long de
la pièce, des bocaux des formes les
plus bizarres sont rangés. Un simu-
lacre d'étalage montre des vases décorés d'attributs, avec des enseignes

en fer d'un style tout à fait réjouis-
sant Au centre, une sorte de four-
neau d'alchimiste semble attendre
qu'on l'allume. Une ligne de mor-
tiers, en bronze, avec des inscrip-
tions et des figures allégoriques,
s'étend sur un bahut. Par des fils
sont suspendus au plafond des animaux empaillés dont la structure
paraît un defi à la classification des
naturalistes...

Notre amateur a réuni là tous les
souvenirs de la pharmacie d'autrefois. C'est, je crois, dans son originalité, une collection unique.

A la vérité, l'art et la droguerie
ne hurlent pas autant de se trouver
ensemble qu'il le disait plaisam-
ment. En des temps moins savants,
mais, par certains côtés, plus raf-
finés que le nôtre, les apothicaires
eussent rougi de se servir des affreux bocaux de porcelaine dont se
contentent les pharmaciens d'au-

jourd'hui. Avec un pieux respect
pour les substances merveilleuses
— celles d'à présent le sont-elles
plus ? — qu'ils devaient contenir,
ils faisaient décorer et orner ces
vases d'emblèmes et de devises. Les
confréries, les hôpitaux, les châteaux avaient aussi leurs vases de
pharmacie à leurs armes. Les fa-
briques de Savone, de Faenza, de
Pesaro, de Gênes, de Florence ne
dédaignaient pas de travailler mille
pots de formes capricieuses destinés
à garder des remèdes.

La décoration générale de cette
officine reconstituée est du seizième
siècle, mais les objets qui ont été
recherchés pour être placés sur ses
rayons appartiennent à tous les
temps et sont de toutes les prove-
nances. A côté des cornets droits et
des pots à anse et à goulot d'un
usage courant, pour la vente des
drogues, voici les fioles à la large

panse ou au col étroit qui contenaient les eaux médicinales d'Ange,
de Cordoue, d'Amaranthe, que les
apothicaires du temps de Louis XIV
s'entendaient déjà à vanter à grands
renforts de réclames. « Une personne solvable, disait un prospectus
de drogue miraculeuse conservé
dans cette amusante collection, s'o-
blige, quand on le veut, d'en payer
la valeur en l'acquet des malades en
cas qu'ils ne guérissent pas, pourvu
qu'ils conviennent de payer en
double, pour une parfaite guérison ». Il n'y a rien de nouveau, à
ce qu'on voit, dans les usages des
guérisseurs. Ces fioles et ces vases
portent le nom des fameux apothicaires de jadis, les Gaman, les Nau-
din, les Rouvière. Sur un pot, dé-
coré de couleurs vives, on lit une
inscription, tracée pour le sieur de
Blégny, attestant qu'il est le seul
« artiste » à qui les descendants du

signor Hieronimo de Ferranti, inventeur de l'orviétan, aient confié le secret original. Une bouteille, en forme de pyramide, renfermait l'eau qui guérissait les plaies d'arquebusade.

.. Voici des vases aux armes royales, venant des hôpitaux dépendant de la couronne, ou des maisons princières. En voici d'autres, qui révèlent les soins que prenaient d'elles les belles marquises, sujettes, hélas, comme les autres, à de petites infirmités. On trouve là deux cornets avec ornements rocaille et décorés de l'aile allégorique, qui ont servi à madame de Pompadour... C'est le passé vu par ses côtés prosaïques ! Mais la chronique n'a pas caché que la royale favorite eût des maux contre lesquels s'exercèrent des épigrammes, durement payées par leurs auteurs.

On mettait alors ses armes sur

tout — même, comme il appert par
un spécimen qui n'est pas le moins
drôle de ce petit musée — sur une
seringue mignonne, ornée d'un
écusson qui est celui d'une grande
famille existant encore. C'est le cas
de se dire : Où diable la vanité al-
lait-elle se nicher?... O seringue ingénue, ce n'est pas sans curiosité
que je vous ai contemplée, en pen-
sant aux mystères que vous avez
pénétrés, confidente dédaignée,
après la confidence, par la jolie du-
chesse qui vous avait appelée à son
aide !

Voici deux vases énormes, qui
servaient à la fois de récipients pour
les vins aromatisés, protégés, à l'italienne, par une couche d'huile, et
de décor, à la porte de la boutique.
Ils ont le caducée peint sur leurs
vastes flancs et le portrait, malheu-
reusement mutilé, de l'apothicaire
qui les possédait. Ils sont fort inté-

ressants encore, bien qu'ils soient
loin de valoir les deux remar-
quables vases acquis par M. Fayet
et qu'il doit laisser au Louvre, qui
offrent, au-dessous d'une banderole
portant le nom de la denrée, un
portrait d'homme et un portrait de
femme dignes du pinceau d'un Gio-
vanni Bellini. Ils sont, en effet, d'o-
rigine vénitienne et datent du quinzième siècle.

Mais est-on jamais entièrement
satisfait? Notre collectionneur envie encore à M. Pelvé, un Rouen-
nais, des pots de pharmacie aux
armes des d'Orléans, et à l'hôpital
de Troyes — où l'on s'en sert mal-
heureusement pour le service jour-
nalier — d'admirables cornets, aux
armes de France, provenant de
l'abbaye de Clairvaux.

Ce sont ensuite des enseignes de
vieux pharmacopes, découpées en
fer, et peintes ; la *Barbe d'or*, le

Pilon d'or, l'*Homme et la Femme
d'argent*, avec leurs cocasses sil-
houettes, puis toute une série de
gravures et d'estampes malicieuses
sur les apothicaires, depuis l'alma-
nach célèbre de 1673 avec la sati-
rique légende, placée au-dessous du
portrait d'une bonne femme assail-
lie par les guérisseurs,

Madame, dont la mort nous ferait tous
                                    [crever,
Hasardez tout pour vous sauver !

jusqu'à une plaisante image qui rappelle une aventure du commencement du siècle. Pendant la nuit, un
habitant d'une petite ville de Tou-
raine, fit ramasser par des gamins
tous les escargots qu'on put trouver. Grimpant par légions sur la de-
vanture, ils montrèrent leurs cornes
au malheureux apothicaire, lorsque
celui-ci vint ouvrir sa boutique. Or,
marié à une fort jolie femme, et

malheureux en ménage, il devait
être peu flatté par cet emblème.
Toute une tragi-comédie, n'est-ce
pas, que cette vengeance de client
mécontent !

VII

LES « FEUILLES DE SOLDATS »

J'avoue mon faible pour les images populaires. Elles écrivent l'histoire d'une façon ingénue et naïve
qui est souvent plus près de la vérité
que l'histoire officielle ou celle qui
se pare de quelque philosophie.
C'est l'impression du moment qu'elles rendent, dans toute sa saveur,
avec les colères et les enthousiasmes
du temps, qu'il est bien difficile
d'évoquer exactement après. Elles
forment une mine de documents

qu'on ne saurait dédaigner. Les plus
humbles « feuilles de soldats » d'autrefois, qui amusaient les enfants,
contiennent des indications parfois
curieuses. J'ai trouvé, ces jours-ci,
par exemple, une image datant du
commencement de la conquête de
l'Algérie, publiée par Berrieux,
marchand d'estampes, rue Saint-
Jacques, 1830, qui montre quelle
idée bizarre l'imagination populaire
se faisait alors des Arabes. Ils sont,
dans cette plaisante gravure, repré-
sentés nus jusqu'à la ceinture. coif-
fés de casques, vêtus surtout . ..
d'une immense cartouchière. L'artiste leur a donné de petits favoris,
comme à des pairs de France.

Où trouve-t-on mieux que dans
ces caricatures ridiculisant les Alliés
l'impression d'impatience des Parisiens contre les étrangers campant
aux Champs-Elysées, au début du
règne de Louis XVIII ? Les carica-

tures visent surtout les Anglais, qui
étaient, en effet, particulièrement
odieux à nos grands-pères.

Les images populaires contempo-
raines peuvent être parfois aussi
intéressantes que les images anciennes. On écrirait une histoire de
la guerre qui ne serait pas sans un
intérêt particulier, rien qu'avec les
estampes communes faites de l'autre
côté du Rhin. Toutes les fois que
j'ai été en Allemagne, j'ai recueilli
quelques-unes de ces images militaires. Leur grand faiseur a été un
certain Katbe, qui aurait du mal à
passer pour un peintre éminent,
leur éditeur est, principalement, un
M. Kraffert, de Dresde.

Elles sont naturellement pleines
de jactance et de vantardise, mais
ce qui est significatif, elles attestent
un grand respect de la vaillance des
troupes françaises . Dans l'image
consacrée à la bataille de Vionville

(16 août 1870) la légende, placée au
dessous, constate l'« incroyable bravoure » de nos soldats.

Ce qui est bien allemand, ce sont
les vers, d'un lyrisme échevelé, qui
accompagnent ces dessins grossière-
ment enluminés avec trois couleurs
seulement, le jaune, le rouge et le
bleu. Il sera peut-être curieux de
donner la traduction de quelques-
unes de ces strophes typiques, où le
vainqueur exalte sa victoire. Il y a
là des comparaisons tout à fait étran-
ges.

« Il retentit dans tous pays —
comme un son de cloche. — Cela
résonne dans tous les cœurs — comme un hymne joyeux.

» Cela bruit dans tous les pays
— comme un ronflement d'orgue.
Les âmes veulent s'incliner. — Les
genoux s'abaissent déjà !

» Un héros a combattu ! — Le
monde allemand crie avec transport.

— Et bénit ton sabre, — Prince Frédéric-Charles !

» Qui a *saigné* pour son pays, — Mérite un habit d'honneur, — Celui-là est saint, — qui est tombé pour sa patrie ! »

On raconte, au reste, que le prince impérial d'Allemagne, dont la maladie est, en ce moment, la grosse question politique de l'Europe, en recevant une de ces gravures où on lui décernait d'enthousiastes louanges guerrières, haussa les épaules, un jour. — « C'est cela ! dit-il, sonnez trompettes, et battez tambours ! C'est très glorieux, aujourd'hui, mais cela pose la question d'un terrible lendemain ! » Qu'elles soient affectées ou non, le prince est assez coutumier de ces boutades.

Une image curieuse, au moins comme dessin, représente l'entrevue de l'empereur Napoléon, le 3 septembre, dans la villa Bellevue, à

Fresnois, avec l'empereur Guillaume. Le dessinateur, par malice ou
par hasard, a fait un Napoléon qui
va à peine à la hauteur de la ceinture de Guillaume. Il s'incline pro-
fondément, en tenant a la main
un mouchoir, tandis que le vainqueur, suivi du duc de Saxe-Cobourg
et du prince de Wurtemberg, salue
militairement. Peut-être, au fond,
n'y a-t-il pas intention de raillerie.
Sentimental et poétique, l'artiste a,
au milieu de cette scène dramatique,
jeté une profusion de fleurs aux
formes faites pour dérouter les bo-
tanistes les plus experts.

Ce sentimentalisme éclate toujours, du reste, dans ces images,
soit par un côté de leur composition
naïve, soit par une réflexion de la
légende. Dans un « combat des
troupes du sud avec la garnison de
Strasbourg » je trouve une phrase
curieuse où il est dit que les soldats

allemands se battent, non avec courage, mais « avec philosophie. »

Une chose frappante, c'est l'impression de terreur que nos tirailleurs algériens ont laissée en Allemagne. Cette impression, qu'on peut constater sur tous les monuments commémoratifs allemands de la guerre (comme, par exemple, sur la colonne de la Victoire, à Berlin), les images la traduisent, naturellement, avec vivacité. Nos turcos ont l'air de géants et sont vêtus d'une façon fantaisiste et terrible. Ils dépassent, comme taille, la hauteur des cavaliers, contre lesquels on les voit lutter. Il faut croire que même morts, ils semblaient encore redoutables, puisque, au premier plan d'une de ces estampes, on voit un officier wurtembergeois décharger son revolver sur le cadavre d'un tirailleur.

Mais, à côté de la reproduction

de ces scènes d'horreur, ce qui distingue vraiment comme facture ces images militaires allemandes, c'est la large part donnée à la nature. Toujours des fleurs, des arbres, des paysages idylliques, et, au milieu des plus atroces batailles, des moulins qui tournent, d'honnêtes petites sources qui coulent, des oiseaux qui sautillent... Que voulez-vous! on se conduit comme des brutes. mais on est né rêveur!

Les images populaires allemandes n'ont pas toujours célébré uniquement les victoires de la Prusse. On peut retrouver encore quelques feuilles, provenant de la maison Roth et Wagner, à Stuttgard, où l'armée française est exaltée dans ses fastes militaires. Le siège de Sébastopol et l'expédition de Chine ont notamment fonrni, alors, aux dessinateurs de Stuttgard des sujets qu'ils ont traités avec un enthou-

siasme singulier. Comment la police allemande, si ombrageuse, n'a-
t-elle pas entièrement retiré du
commerce des estampes où l'on voit
un officier français planter le dra-
peau tricolore sur un fort? Il faut
se souvenir de ces images-là, en
feuilletant toutes celles qui repré-
sentent nos désastres — dessinées
peut-être par les mêmes artistes
à tout faire.

VIII

UNE COLLECTION DE TÊTES DE MORT

Il paraît que, ces jours-ci, un
homme ingénieux, mais médiocre-
ment gai, a proposé d'organiser, au
Palais de l'Industrie, une exposition macabre — l'exposition, rétros-
pective et contemporaine, de tout

ce qui se rattache à la mort. On aurait
vu là des variétés admirables de
cercueils, de suaires, de catafalques,
d'urnes funéraires , des reprodu-
tions de tombes et des modèles des
corbillards. J'imagine qu'on aurait
été introduit par des huissiers
vêtus en maîtres des cérémonies,
qui vous auraient fait les honneurs
de l'air engageant dont ils savent
dire :

— Messieurs de la famille, quand
il vous fera plaisir.

Au buffet, où l'on n'eût servi
que des boissons de deuil, du *stout,*
du bitter, des vins sombres, le service eût été fait sans doute par des
garçons habillés en croquemorts.
C'eût été du dernier galant. Pour
un léger supplément , on aurait
peut-être eu le droit de boire dans
des crânes, comme Han d'Islande.
L'idée prêtait à mille développe-
ments. Sur des bannières de crêpe,

on aurait pu inscrire des maximes de l'excellent Schopenhauër, telles que cette pensée profonde : « La mort est la musagète de la philosophie, II. 529. » Sur une estrade, des figurants mélancoliques auraient évoqué la scène historique du bal des Victimes. Un orchestre d'hommes-squelettes auraient joué des compositions de circonstance, *Holbein-Polka*, la *Valse des Trépassés*. Des dissections gratuites auraient été offertes aux amateurs ; enfin, de jeunes personnes, costumées en Abbesses de Jouarre, auraient proposé un suprême passe-temps aux désabusés et aux condamnés à mort — par la Faculté.

L'autorisation n'a pas été donnée, et l'organisateur en a été pour son idée.

Pour quitter le domaine de la fantaisie, je sais, à Paris, un petit musée de la mort, mais tout artis-

tique, celui-là, qui est infiniment
piquant. Il a été formé par un
amateur de grand goût, qui a été
longtemps un bibliophile émérite,
et dont l'*ex-libris*, représentant un
fort joyeux satyre, est célèbre. Sans
être en aucune façon un pessimiste,
ce curieux passionné et éclairé s'est
plu à réunir, dans son intéressant
salon de la rue Cambon, des objets
macabres d'une rare valeur, têtes
de mort et squelettes, qu'il a placés
au milieu d'objets de cuir précieusement travaillé qui forment une
autre collection.

Ce sont, par exemple, des têtes de
mort détachées de chapelets anciens, les unes grimaçantes, les
autres paisibles ou même souriantes.
Car c'est une chose typique que
l'expression, très différente, que
prennent, en art, ces crânes humains. Aussi ont-ils leur surnom,
dans la maison, parmi les familiers,

de cette bizarre galerie ; on appelle une de ces têtes la *Coquette*, et une autre la *Rageuse*.

Voici une rareté extrême ; c'est une tête de mort, d'un travail espagnol du quinzième siècle, en jais ; une autre, vraiment tragique dans son dessin sommaire, est en fer ; une autre, assez placide et indifférente, est en faïence de Luca-della-Robia et provient vraisemblablement d'un bas de Christ d'une église italienne ; une autre est en marbre : les dents sont serrées, les machoires pincées ; elle a vraiment un air mauvais. En voici d'autres en buis, avec la mâchoire inférieure articulée : celle-ci semble positivement sourire. C'est un amour de tête de mort, plus un joujou qu'un objet de méditation. Une autre, presque grandeur nature, est en cèdre. C'était un sujet d'ornementation familier aux artistes du seizième

siècle que la tête de mort, et il se
trouve en toute matière, bois, marbre, pierres précieuses. Il y a là
d'attachants spécimens de tout ce
qui a été fait, soit par piété soit
par jeu.

Les grains de chapelets de certains couvents royaux présentent
une particularité caractéristique.
D'un côté, ils présentent le portrait
d'un roi, de l'autre une tête de
mort. C'est ainsi qu'on voit dans
cette collection la tête de Louis XII
et celle de Henri II, s'achevant
brusquement en un crâne décharné,
Il y a parfois une inscription,
comme ces deux mots d'une éter-
nelle philosophie : « Aujourd'hui.
— Demain ! » Quelquefois, ces
grains de chapelets ont quatre
figures, une tête d'homme, de
femme, de christ et une tête de
mort. Ce sont là les perles de la
collection. Une poignée de dague

est aussi formée d'un buste de squelette, en fer, vraiment sinistre.
Cette dague-là ne devait pas venger
d'amoureuses rivalités, mais elle
devait servir à de sombres entre-
prises.

Voici, maintenant, des squelettes,
œuvres d'art anciennes, qui ont
une grâce macabre singulière. Deux
figures, en bois peint émaillé, pro-
viennent d'une église d'Aix-la-Cha-
pelle. Une de ces deux allégories
de la Mort représente le funèbre
archer, tenant l'arc et les flèches
d'une main, et, de l'autre, le sa-
blier. L'autre, c'est la mort guer-
rière, avec la faux et l'épée.

Un petit squelette, de bois, est
vraiment plaisant, malgré les hi-
deurs de la chair demeurant encore,
par lambeaux, avec son air conqué-
rant. On dirait un squelette courant
à quelque bonne fortune fantastique
tant il semble vainqueur, gaillard,

et alerte ! Un autre, sans avoir l'air
de s'émouvoir pour si peu, arrache
délicatement les longs vers qui
rampent autour de ses os. Une ap-
plique de bois représente un buste
de morte qui paraît prête à envoyer
un baiser. Et l'on songe aux vers
de Baudelaire :

Elle a la nonchalance et la désinvolture
D'un coquette maigre aux airs extravagants.

En raison de toutes ces attitudes
inspirées par le caprice des artistes,
elle n'a vraiment rien de trop
tragique cette collection. Comme
par un défi porté à l'irrésistible
ennemie, la mort, en art, a toujours
été raillée. De leur côté, les Japo-
nais, ces rieurs éternels, n'ont-ils
pas joué avec elle, pour ainsi dire ?
Ils sculptent deux squelettes se faisant manger mutuellement, par
exemple, ou se livrant à des passe-

temps très profanes. Il n'y a plus là même d'idée philosophique : il n'y a que de la fantaisie.

Ce sont aussi des tableaux depuis ce panneau d'un Primitif, montrant une tête de mort sur une table, enveloppée de banderoles qui contenaient sans doute de sages sentences, jusqu'à ce badinage de Van Kassel, qui offre un crâne couronné de fleurs, placé à côté d'un verre et d'une pipe. Bref, ce sont toutes les images artistiques de la mort, le plus souvent ironiques et dédaigneuses.

Puis, par un contraste, au milieu de cette collection, c'est une tête de mort véritable, un crâne de femme, qui a une singulière finesse et qui laisse voir :

Le sourire éternel de ses trente-deux dents.

Voilà la seule part faite à la réa-

lité, comme un objet de comparaison, obscure épave humaine jetée
au milieu des triomphantes épaves
de l'art.

A l'Hôtel Drouot.

I

CROQUIS D'OCTOBRE

Evoquons — comme petit document humain — la journée d'un curieux en ces premières semaines de l'année, où le mouvement des ventes n'a pas encore repris toute son activité. Notre homme est un habitué de l'hôtel Drouot, et ce serait une chose invraisemblable si on ne l'avait pas vu, au moins quelques instants, faire son tour quotidien dans les couloirs. Ce flâneur aimable, qui a trouvé le moyen de rendre affairée une existence que l'on croit oisive, n'espère guère une occasion heureuse, une trouvaille intéressante, en entrant dans les salles. On vend bien des panneaux du dix-huitième siècle, provenant de chez un marchand, et il assiste un moment aux enchères ; il voit les prix monter assez haut, encore qu'aucune des œuvres décoratives exposées ne lui semble absolument précieuse. D'ailleurs, il est, lui. l'homme du petit bibelot, et ses goûts ne l'entraînent pas vers ces grandes machines. Il s'arrête plus volontiers devant les affiches qui annoncent la vente de souvenirs d'actrices parisiennes, ce qui lui permet de se raconter à lui-même, en philosophe, quelques petites histoires, plus ou moins piquantes, qu'il trouve dans sa mémoire.

Mais, tandis qu'il erre dans les corridors, voici qu'il rencontre quelques amateurs de sa trempe, friands, autant que lui, de petits potins et de racontars. Il a, au reste, son lot d'anecdotes qu'il ne demande qu'à narrer. Et dès qu'il a trouvé un auditeur, il s'empresse, en effet, de lui donner complaisamment ses nouvelles.

— Comment va? On ne vous a point vu depuis la vente du château de L...

— C'est vrai. Mais toutes les corvées mondaines nous dérangent de nos *devoirs!*

— A propos! Vous savez l'histoire de cette vente?

— Mais, comme tout le monde, je sais qu'elle a produit 450,000 fr. pour les objets d'art et que le château lui-même a été acheté 150,000 francs.

— Oui, mais les petits dessous,

6

l'origine de ces enchères ?... Ah !
c'est toute une aventure ! Figurez-
vous qu'il y a un an, à peu près,
un architecte, M. L... fils d'un ancien avoué, se trouvait chez lui,
quand on lui remit une dépêche qui
le priait de venir, aussitôt que possible, trouver un notaire de Tou-
raine... Ma foi, M. L... avait alors
d'autres chats à fouetter. Il répondit
au notaire qu'il n'avait pas le temps
de se déranger et qu'il voulût bien
lui dire de quoi il s'agissait. Le lendemain, à sa grande surprise, il re-
cevait une provision de quelques
centaines de francs, avec une invi-
tation instante de faire le voyage.
Fort intrigué, M. L... partit. « Ex-
cusez moi de vous avoir pris un
peu de votre temps, lui dit le notaire, mais vous ne regretterez pro-
bablement pas votre peine. » —
« Quoi donc ? » — J'ai l'honneur de
vous annoncer que madame B...

propriétaire du château historique
de L... vous a laissé, en mourant,
son domaine, ses collections, ses
galeries, ses terres. Le tout vaut
bien un million. » — « Un million,
à moi! Mais il y a là une erreur,
assurément, je n'ai jamais connu
madame B... » — « Oui, mais votre
père lui a jadis rendu service, et,
n'ayant pas d'héritiers, elle s'est
souvenue, au moment de faire son
testament, de ses bons procédés et
elle les a reconnus en vous léguant
tous ses biens. » M. L... n'en reve-
nait pas, mais on s'habitue vite aux
coups de la fortune, et voilà pourquoi nous avons eu cette vente, qui
a marqué dans les fastes de la curiosité de l'année

Notre amateur jouit un moment
de son succès. On n'a pas tous les
jours de pareilles histoires à se
mettre sous la dent.

Des marchands passent, avec lesquels il échange un petit salut. Il s'informe de ce qu'il y a de neuf; il fait ses recommandations. Lui a·t-on trouvé la pendule ancienne, à mouvement compliqué, qu'il recherche depuis si longtemps.

— A propos de pendule, dit un fureteur, qui s'est joint au petit groupe, il vient d'en arriver une bien bonne à M***. Vous savez qu'il a la passion des horloges du XVIe siècle et qu'il en a une galerie superbe. Vous savez aussi qu'il est la patience même et qu'il attendra plutôt trois ou quatre ans avant de satisfaire son caprice pour payer le moins cher possible. Il y avait fort longtemps qu'il guignait une jolie pendule, de fabrication bavaroise, représentant un nègre debout, la main gauche appuyée sur un tronc de palmier et la dextre tenant un sceptre. Le palmier se terminait par deux branches, entrelacées, suppor-

tant une sphère terrestre. Cette
sphère tournait, et le sceptre mar-
quait l'heure qui passait. Un objet
unique dont il rêvait ! L'autre jour,
il arrive chez le propriétaire de cette
pendule, et la marchande, comme
il faisait depuis des mois. A son
grand étonnement, le prix qu'on
lui en demandait a baissé, et fort
notablement. « — Ce que c'est que
d'avoir de la patience, se dit-il, et,
tout heureux, il se hâte d'acquérir
la pendule, qu'il installe, dans son
musée, à la place d'honneur, comme
il convient à un objet unique ». Or,
savez-vous pourquoi le cédant avait
tout à coup diminué ses préten-
tions ? C'est qu'il avait trouvé une
autre pendule, toute pareille. La
pendule est toujours jolie, – mais
elle n'est plus seule ! Le piquant est
que M*** ne sait pas encore le fin
mot de ce qu'il appelle une « occasion sans pareille ». Que dira-t-il

quand il verra, exposé à la même place, un double de son acquisition ?

Et l'on rit. Car les collectionneurs sont gens d'une espèce très féroce, qui se réjouissent volontiers des mésaventures de leur prochain, même lorsque celui-ci a d'autres spécialités et poursuit des objectifs différents du leur

Un expert sort d'une salle en riant. On l'entoure. — « Qu'est-ce donc ? » — « Ce qu'il y a ? Les commissaires-priseurs croient pouvoir se passer de nous quelquefois, mais cela ne leur réussit guère ! » — « Enfin ! » « On vient de laisser, pour soixante francs, quatre bas-reliefs de Clodion, en pierre. L'acquéreur est déjà en pourparlers pour les revendre huit mille francs. »

Il commence à se faire tard. Notre amateur quitte l'Hôtel . mais il n'a pas perdu sa journée, puisque ces

petits commérages artistiques suf-
fisent à son bonheur Il les répètera
le lendemain, et, en échange on lui
en livrera d'autres, qui le réjouiront
fort. Savez-vous que c'est un heureux homme que celui qui fait ainsi,
aussi facilement, son paradis sur
terre ?

II

CROQUIS D'AOUT

Êtes-vous jamais entré à l'hôtel
Drouot, l'été; avez-vous eu l'idée de
parcourir ces salles si animées pendant la saison, et qui retentissent de
si belles enchères? C'est, ma foi,
un spectacle curieux. Là où des objets rares, des curiosites artistiques,
étaient disputés fiévreusement, on
vend des vieux divans, des lits

d'acajou et de noyer, des assorti-
ments invraisemblables de mobiliers
hideux. Et quel public ! Au lieu du
froufrou des élégantes qui viennent
« pousser » un bibelot, des conversa-
tions mondaines et de l'argot amusant des amateurs, on entend les
réflexions d'Auvergnats marchands
de bric-à-brac, qui tirent à regret
quelques pièces de cent sous de
grosses bourses en cuir. Les
« crieurs » dédaignent de se mêler
de ces maigres opérations, et les
commissionnaires paraissent humi-
liés des vulgaires fardeaux qu'on
leur fait porter...

De temps en temps, on peut bien
apercevoir, rôdant mélancolique-
ment à travers les salles, lamentablement garnies d'ustensiles quel-
conques, un habitué fervent de
l'hôtel, un de ceux qui auraient
perdu leur journée s'ils n'y avaient
pas fait une station, pendant la belle

période. Il passe là, durant une halte à Paris, entre deux villégiatures. Il sait bien qu'il ne rencontrera aucun visage de connaissance, et il n'a pas la moindre espérance d'une trouvaille ; mais quoi ! ses pas se sont portés machinalement vers l'hôtel. Il vient là comme un touriste qui visite quelque champ de bataille illustre. Il évoque les grands journées, il se rappelle les beaux combats à coups de billets de banque, il revoit, par la pensée, les séances passionnées, d'où l'on sort, harassé et ravi, avec la petite joie, bien plus de vanité que d'intérêt, d'une « bonne affaire » réalisée.

Des étrangers, sur la foi de leur *pocket-book*, se promènent dans l'hôtel, trouvant bien mensongères les descriptions qui en ont été faites, et s'étonnant que ce bâtiment, assez peu raffiné, soit un des lieux de rendez-vous du tout-Paris. Et, ne tenant pas compte de l'époque où ils se trouvent, il leur semble bizarre, ce tout-Paris, représenté par de vieilles marchandes à la toilette et quelques juifs, fouillant dans le tas des épaves amoncelées.

Pas une affiche qui tire l'œil par une mention prestigieuse! Une odeur de moisi flotte dans l'air, un lourd ennui pèse dans les corridors.

C'est aussi le moment des ventes chimériques, — qui, pendant l'hiver, ne trouveraient pas une salle disponible, — des ventes macabres, faites vraiment pour étonner. C'est pendant le vide de l'été qu'on a vendu, une fois, une étrange collection — de mains de momies! Les momies ne sont déjà pas tant disputées, et tel Pharaon, qui a attendu trois mille ans dans son sarcophage, échoue à l'hôtel Drouot, trop heureux d'être acheté trente-cinq francs. Mais des mains de momies, qu'en faire? Personne n'en voulait. Un expert, qui se trouvait présent, se sentit quelque pitié et acquit tout le lot, en bloc, — oh! pas cher! Après avoir essayé de s'en débarrasser à tout prix, il finit par les revendre — à la livre — à un fabricant de couleurs, qui en fit du bitume de Judée.

Ou bien ce sont des tas de têtes de mort, provenant de partout, jaunies, déplorables, sinistres, les ressorts qui font mouvoir les mâchoires cassés. Et ces débris humains atteignent, dans les circonstances les plus favorables, de deux à trois francs. Beau sujet, n'est-ce pas de réflexions philosophiques!

Quoi encore? Des ventes d'oiseaux empaillés, arrivant d'un magasin de naturaliste en déconfiture. Et les petites bêtes au plumage merveilleux, hôtes anciens d'exotiques

forêts, sont adjugées misérablement
à la douzaine.

C'est une heureuse fortune si
sept ou huit vieux messieurs suivent
les enchères d'une collection d'in-
sectes, présidées par un marchand
des quais, qui sert d'expert, demandant timidement quelques francs
d'une série de cadres. Et les vieux
messieurs se récrient, hochent la
tête, liardent pour la satisfaction de
leur innocente manie.

Mais qu'est-ce encore auprès des
ventes de partitions de musique,
les plus tristes de toutes. peut-être ?
On adjuge des monceaux d'opéras
avec parties de chant et d'orchestre,
pour cent sous. Et les photogra-
phies, donc ! On est forcé d'attendre
patiemment que quelques passants
complaisants se hasardent dans la
salle. C'est par une espèce de cha-
rité, dirait-on, qu'on les achète.

Voilà tout ce qui représente

l'art, à l'Hôtel Drouot, pendant les mois d'été, qui sont là des mois de deuil. Qui se douterait du tumulte éperdu qui y règne en d'autres moments ! Nulle part, peut-être, ne s'opère une pareille métamorphose. C'est, pour un Parisien, une promenade amusante et paradoxale à faire, en une heure de désœuvrement.

Paris a ainsi, en cette saison, de petits coins abandonnés qui sont plaisants à observer. Et c'est, par contre, le moment où ses déserts habituels reçoivent, grâce à l'affluence des touristes, qui s'en rapportent religieusement aux indications de leur *Guide*, des visiteurs inattendus. Des pas pressés troublent actuellement les solitudes des galeries de minéralogie du Jardin des Plantes et, chose incroyable, les régions inconnues de l'Exposition permanente des colonies elle-

même! Il y aurait toujours une pi
quante monographie à refaire du
Paris d'été!

Mais, suivant la jolie expression
d'un fantaisiste, l'invisible démon
qui dirige l'orchestre parisien s'ap-
prête déjà à réveiller d'un coup
d'archet ses musiciens assoupis. Le
changement de décor est brusque,
et, après cette trêve, la grande ville
se retrouve plus ardente, plus
éprise que jamais d'activité. Et
quand vient l'automne, n'est-ce
pas, en effet, le charme inouï de
Paris, que ce petit frisson d'attente
du programme des mois qui doivent
se dérouler, où la vie va déborder
avec une vraie furie?

Le Casque

.... Le commissaire-priseur, après avoir mal dissimulé un sourire dédaigneux, désigna un objet vague, dont la forme même disparaissait sous une couche épaisse de rouille. Et il dit :

— « Un casque du seizième siècle, de fabrication.... » Il s'arrêta comme confus, malgré l'habitude qu'il avait des désignations fantaisistes, puis, ayant jeté un coup d'œil sur le public de la salle où se faisait la vente, et n'ayant reconnu nul amateur sérieux, il lança au hasard d'une voix un peu moqueuse, ces mots qui lui revenaient à l'esprit, pour les avoir lus dans quelque catalogue récent : « Attribué au fournisseur célèbre Alonso de Saganun, dit le Vieux, bien que son monogramme manque. »

Il pouvait se risquer impunément, et faire étalage d'une chimérique érudition; il n'y avait guère là que des curieux, fort profanes en matière d'art, attirés, en gens pratiques, par le confortable du mobilier bourgeois que l'on mettait aux enchères.

— Nous demandons deux cents francs! reprit le commissaire-priseur, voulant sans doute éprouver, une fois de plus, jusqu'où pouvait aller la crédulité de certains visiteurs de l'hôtel Drouot.

Il y eut un silence. Enfin, une voix retentit.

— Six francs! dit un marchand, sans enthousiasme, d'ailleurs.

Aucune surenchère ne se produisait, et voyant qu'il était inutile de chercher à convaincre de la rareté de ce pauvre débris d'armure le seul

amateur possible, le commissaire-
priseur levait déjà son marteau,
lorsque, de l'autre bout de la salle,
un chiffre plus élevé fut crié :

— Vingt francs !

Les regards se portèrent vers le
nouveau venu, et, l'on reconnut un
peintre que l'on commence à tenir
fort en estime. Le marchand, piqué
au jeu et s'imaginant qu'il était
vraiment sur la piste d'un objet de
prix, poursuivit, au grand étonnement de ceux qui dirigeaient la
vente :

— Trente !

— Cinquante ! fit le peintre.

Diable ! mais cela devenait intéressant ! Le commissaire - priseur
regarda instinctivement le casque,
tout à l'heure méprisé, qu'on se disputait maintenant ; mais, bien qu'il
en eût, il hocha la tête. Evidemment,
à son avis, il pouvait valoir, tout au
plus, les six francs du marchand.

Cependant, les devoirs professionnels l'emportant, il crut nécessaire d'ajouter quelques remarques banales.

— Une pièce unique!... La cuirasse de cette armure doit se trouver à l'*Armeria real*.

Mais il était inutile d'exciter les deux adversaires en présence. « Soixante! — Cent. — Cent cinquante ! » Et les enchères faisaient des bonds de plus en plus hauts. Bref, à trois cents, le marchand perdit son assurance et le casque resta au peintre, qui l'emporta tout de suite.

J'étais entré dans la salle à la fin de cette dispute, étrangement chaude pour l'objet qui le motivait, et je rencontrai l'artiste au moment où il s'en allait, tenant, d'un air furieux, le casque entre ses mains.

— Vous venez donc de faire une trouvaille ? lui demandai-je.

— Ça ! fit-il en désignant le

casque... une ordure, une simple
ordure !

— Mais alors, cette belle ardeur?...

— Tenez, reprit-il brusquement,
avec une expression à la fois mélan-
colique et farouche, avez-vous jamais
remarqué l'espèce de ressemblance
bizarre qu'il y a entre un casque de
chevalier et une boîte aux lettres?...
Regardez... la fente qui se trouve
ménagée entre le heaume et la
visière, lorsque celle-ci est refer-
mée, ne semble-t-elle pas toute
faite pour y glisser un billet?... Est-
ce que cela n'attire pas? En un clin-
d'œil la lettre a disparu. Une,
deux !... C'est ce qui m'a perdu...

— J'avoue...

— Vous ne comprenez pas? Bah !
je ne fais pas mystère de mon aventure... J'ai acheté ce casque pour
le briser, le détruire, l'anéantir,
pour me venger sur lui de tout
ce que j'ai souffert par lui... Je

l'aurais payé bien davantage ! Ce ne
sera pas acheter trop cher la satisfaction d'un pareil moment, allez !
Tout un passé absurde, dix années
manquées à cause de cette odieuse
carcasse de fer !

— Voilà des confidences qui de-
mandent une suite.

— Oh! si vous voulez!... . Vous
saurez que la vente qui a lieu en ce
moment, après décès, est celle d'un
brave homme à qui j'ai rendu assurément un rude service, malgré
moi... Voici la chose. Donc, il y a
une dizaine d'années de cela, je me
trouvai fortuitement entrer en relations avec lui, pour une affaire banale. Il s'agissait de je ne sais quelle
demande de renseignement ; il se
mit courtoisement à mon service,
et, par courtoisie, à mon tour, je
lui fis quelques visites. Le vrai,
c'est qu'il y avait, chez lui, une petite institutrice, chargée de l'éduca-

tion d'une nièce qu'il avait, qui me
semblait la plus séduisante personne
qui fut. J'avais vingt-trois ans... ne
m'avisai-je pas de m'éprendre d'elle?
Elle était sentimentale en diable, et,
si mes premiers aveux ne furent pas
repoussés, je me rendis compte, du
moins, que le siège serait long...
Elle tenait, dans la maison, une situation assez effacée, et les occasions de lui parler étaient difficiles,
ce qui menaçait de retarder fort les
choses...

— Mais le casque?

— J'arrive au fait. Bien que l'excellent homme chez qui je commençais à devenir assidu fut un bourgeois très bourgeoisant, — ou
précisément à cause de cela, — il
avait placé sur un meuble de son
salon, avec infiniment d'égards, ce
casque ridicule, auquel il attachait
naïvement beaucoup de prix... Il
m'agaçait d'instinct, ce casque

par sa lourdeur bête, mais je
compris le parti qu'on en pouvait
tirer... Je m'entendis avec la fillette,
qui trouva le moyen tout à fait poétique, et, dans l'ouverture de la visière, je glissais mes déclarations
les plus ardentes... Dès qu'elle était
seule, elle faisait jouer le ressort, pre-
nait ma correspondance amoureuse
et enfermait là sa réponse, que je
prenais à mon tour.

— Mais c'était charmant, cela, et
d'une petite note romanesque à
l'eau de rose...

— Oui, mais cela ne pouvait pas
durer, M. Durand (appelons-le ainsi,
si vous voulez) était marié, et, bien
qu'il fut déjà presque un vieillard,
sa femme était jeune et... pas trop
mal, ma foi, bien qu'elle ne réali-
sât pas tout à fait mon idéal. Il faut
croire qu'elle me vit un jour glisser
une lettre dans le casque... Le lendemain, en cherchant ma réponse

dans cette boîte aux lettres moyen-
âge, qu'est-ce que je trouve ? Un
billet d'une écriture inconnue, con-
tenant de doux reproches sur ma
hardiesse, qui étaient, en somme, le
plus clair des encouragements.
Comme je demeurais confondu,
me demandant ce que cela signifiait,
la porte s'ouvre... Madame Durand
paraît, me prend les mains, dé-
faillante, et s'écrie : « Vous aviez
donc deviné que je vous ai-
mais ! »

— Diable !

— Connaissez-vous une situation
plus sotte pour un galant homme
que celle où je me trouvais ? Le
moyen de détromper une créature
confiante, éperdue, désirable, d'ailleurs, et de lui dire: « Pardon ce n'est
pas à vous que j'écrivais, c'est à l'institutrice ! » Pouvais-je supposer, du
reste, dans quelle aventure je m'em-
barquais ? Comment vous dire

cela ? C'est par — politesse que je
cédai. Je cherche un autre mot que
celui-là, mais je n'en trouve point.
Et des rendez-vous orageux com-
mencèrent. Elle venait chez moi à
toute heure, tyrannique, impé-
rieuse, me parlant sans cesse du
sacrifice qu'elle m'avait fait, et, ja-
louse à présent, m'interdisant l'ac-
cès de sa maison, Je suis faible...,
je ne l'ai que trop prouvé ! Je finis
par croire un peu au sacrifice. Et
puis quoi ! l'habitude ! Et la *politesse*, toujours ! M'était-il possible
de lui avouer l'origine de notre liai-
son ?

Bref, savez-vous ce qu'elle fit de
moi ? Elle m'enleva positivement !
Elle déclara qu'elle ne pouvait plus
vivre sans moi, elle vint à bout de
toutes mes résistances, elle me dé-
cida à quitter Paris, avec elle... Je
commençais à percer, j'avais du
travail sur la planche. Il fallut tout

abandonner. Elle jouait de moi à sa
guise, elle paralysait ma volonté.
Oh ! l'absurde chose que ces pré-
jugés des égards envers une femme,
qui finissent par nous conduire à
l'abîme ! Si elle eût été intelligente,
encore ! Mais elle se mêlait de me
diriger en art, comme dans le reste.
Et, lâchement, bêtement, je subis-
sais son influence, en tout. Et
quelle vie ! Un métier de manœuvre
pour vivre, des voyages sans
cesse, la nécessité de se cacher, mes
relations rompues, l'exil de Paris,
l'oubli, le découragement ! Comment en finir ? Avais-je le droit de
l'abandonner ? Si maladroit qu'il
fût, je ne pouvais méconnaître un
certain dévouement de sa part. Me
sauver ? Elle m'aurait rattrapé. Et
cela a duré dix ans ! Toute ma
jeunesse inutilement dépensée, per-
due, une lacune effroyable que je
ne comblerai jamais, bien que je

travaille comme un fou, maintenant !... Enfin, un jour, elle a appris la maladie de son mari, sa mort
prochaine, et elle est revenue juste
à temps pour se faire pardonner par
ce sage, qui me bénissait sans doute
au fond du cœur de l'avoir délivré
si longtemps d'elle !

Vous comprenez, maintenant,
pourquoi j'éprouve le besoin de me
venger sur cet affreux casque, qui a
été cause de tout !

Le peintre secouait violemment
en parlant, le malheureux engin
guerrier, et, après un effort, il
écarta brusquement la visière qui
semblait scellée par la rouille.

Tout à coup, il poussa un cri. Un
billet jauni venait de tomber à terre.
Il le ramassa vivement, le lut et
me le passa :

« — Pourquoi ne m'écrivez-vous
plus ? Je ne me sens plus la force
de lutter... Emmenez-moi ! Allons-

nous-en ensemble, très loin, dans un coin perdu. Je suis prête à tout ! »

C'était la dernière lettre de la petite institutrice, demeurée là depuis dix ans

Le peintre haussa les épaules.

— Elle aussi ! dit-il philosophiquement.

UN PARFAIT SECRÉTAIRE AU DIX-HUITIÈME SIÈCLE.

Cent trente-sept ans et vierge ! — L'é-
tiquette épistolaire. — N'affranchis-
sez pas les lettres ! — Les billets
amoureux. — Du moyen de toucher
le cœur des belles. — L'esprit dans
les lettres d'amour.

Ce n'est pas d'hier que datent ces
« Parfait Secrétaire » qui contiennent des modèles de lettres pour
toutes les circonstances de la vie, et
qui fournissent aux amoureux, em-
barrassés pour faire l'aveu de leur
« flamme » des exemples de brûlantes déclarations.

Je viens d'acheter, dans une
vente modeste, un assez curieux
petit bouquin, qui est quelque chose
comme l'ancêtre de ces manuels

épistolaires, qui abondent aujour-
d'hui, pour la grande satisfaction
des âmes sentimentales et naïves.
Il porte ce titre : « Du cérémonial
dans le commerce des Lettres », et
il est daté de 1750, chez Antoine,
libraire à Nancy. Ce pauvre exemplaire avait été bien dédaigné; il
avait traversé cent trente-sept ans
avant qu'un coupe-papier se glissât
entre ses feulllets jaunis, mais vier-
ges.

Il est fort plaisant, cependant, et,
grâce à lui, c'est toute une évocation
de la politesse d'antan qui apparaît, avec sa solennité pompeuse.
L'auteur anonyme se déclare nette-
ment expert en la matière, et tient
à l'étiquette! Et les conseils géné-
raux, qu'il formule tout d'abord,
font penser à la gravité d'une révé-
rence de menuet. « La principale
fin qu'on doit se proposer en écrivant à une personne, dit-il, c'est de

l'obliger : que l'on prenne toujours
une affaire, un sentiment par son
côté le plus noble ! » Et, comme il
n'attache pas moins d'importance à
la forme extérieure des lettres qu'à
leur tour de style. il faut voir avec
quel sérieux il s'engage en d'intermi-
nables discussions pour établir s'il
faut placer la date en tête ou à la
fin, et à quel endroit de la page il
faut commencer la première ligne,
selon le respect dû au destinataire.
« Il y a, s'écrie ce professeur de
belles manières, des personnes qui
ne semblent point se soucier de la
nécessité de ces intervalles ; mais je
ne leur conseillerais point de les
oublier avec les gens de la vieille
cour et avec les provinciaux, qui,
très façonniers les uns et les autres,
tiennent fort à ces marques de défé-
rence. »

Notre auteur, qui a toutes les dé-
licatesses, se pose ce terrible pro-

blème : n'est-il pas impoli de se
tutoyer dans les lettres, quelque
amitié qu'il y ait entre les personnes
qui ont commerce ensemble ? »
Cette manière grossière de s'entre-
tenir est bannie du bel usage parmi
les Français, et, en la pratiquant,
on parle comme le peuple : c'est
même un langage qui répugne et
qui a ses conséquences, quand il
est écrit : on ne risque rien de se
renfermer dans celui des honnêtes
gens. »

Mais comme le savoir-vivre se
modifie ! Tout un paragraphe est
consacré à la recommandation de
ne payer le port d'aucune lettre.
« C'est faire une espèce d'insulte aux
gens que d'affranchir les lettres
qu'on leur écrit ; on aurait l'air de
vouloir les sauver d'une petite dé-
pense ! » On est singulièrement re-
venu de ce préjugé !

Selon ce fervent du cérémonial,

il faut cacheter de noir les lettres
adressées aux personnes qui sont
en deuil. Mais une pointe de scepticisme perce en lui quand il parle
de ces compliments de condoléance :
« Il faut, dit-il, toujours supposer
affligée la personne que l'on compli-
mente. »

C'est dans les modèles de lettres
« avec le sexe » qu'il est charmant.
Il estime qu'on ne risque jamais
rien, en écrivant aux dames, de
« leur déférer » et de leur accorder
un peu plus qu'il ne leur est dû,
appelât-on « Madame » une femme
qui, n'étant pas noble, n'a droit
qu'au titre de « Mademoiselle » .
C'est la grâce du caractère français
que de ne point marchander là-des-
sus ; mais j'imagine qu'il n'entend
point malice lorsque, s'adressant
aux dames, à leur tour, il leur con-
seille de terminer leur lettre à un
« supérieur » par ces mots : « Soyez

persuadé, monsieur, de l'envie que j'aurais de vous obliger ». Un Parisien d'aujourd'hui, lisant cette formule, aurait peut-être l'idée d'en éprouver la sincérité !

Les recommandations au sujet des lettres d'amour sont exquises. Elles doivent, tout en gardant l'agrément du style, laisser percer le désordre où l'on est. « Une passion, quelque forte qu'elle soit, exprimée avec de pauvres termes, ne touche pas une Belle comme un amour rendu avec vivacité. » Mais « l'ennemi mortel ! » des lettres amoureuses, c'est l'étude et le raisonnement affecté. Il faut n'y mettre, avec un peu de violence, que de l'esprit ; il y a là, ma foi ! un joli passage, agréablement tourné, sur le secours que prête l'esprit, en amour : « Le cœur sait naturellement le langage de l'amour, mais il a besoin de l'esprit pour le contenir dans les bornes d'une passion bien réglée, conformement au caractère de la personne que l'on aime, afin de l'engager, de l'irriter, de l'apaiser, dans les occasions, car toute maîtresse ne rend pas toujours justice à l'amour le plus tendre, et l'expression bien ménagée est un des plus sûrs moyens de parvenir à cette fin, qui n'est point l'ouvrage du cœur. Cette entente n'appartient qu'à l'esprit : ils doivent donc être de compagnie dans les lettres amoureuses. » Ces réflexions aimables ne portent-elles pas bien la marque du siècle ou l'amour est la seule vraie grande affaire ?

La jalousie, selon notre guide, est souvent un moyen de se faire aimer, mais il faut la témoigner respectueusement et avec delicatesse. Toutefois, il est de la prudence d'un amant de ne jamais écrire au désavantage d'un rival : « C'est commettre son

amour, c'est s'exposer à des affaires,
car les belles sont souvent impru-
dentes, et quelquefois trompeuses
et vindicatives. » Et, en philosophe
épicurien qu'il est, et qui ne tient
point aux passions tragiques, il
ajoute : « Je dis plus : ces lettres
médisantes leur fournissent des
moyens d'assujettir un amant à leur
caprice : ce qui lui est important
d'eviter, *s'il veut aimer avec quel-*
que agrément. » Tout un système
perce dans ces lignes un peu...
roublardes, pour employer une expression très peu dix-huitième
siècle.

Quoi qu'il en soit, il est d'avis
« qu'on ne gagne rien avec les du-
retés ». Elles désignent un mauvais
caractère, elles « font ouvrir les
yeux à une fille » pour l'avenir. Si
l'on a des reproches ou des plaintes
à faire à la personne que l'on aime,
ce doit-être d'une manière si défé-

rente qu'elle ne puisse raisonnable-
ment se fâcher ; et même, il est
d'un homme d'esprit de les tourner
à la louange de cette personne.
« C'est peut-être là le plus sédui-
sant moyen de s'ouvrir le chemin
de son cœur ». Point de grands
mots, non plus. Ce n'est pas, encore
une fois, sous un aspect dramatique
que ce conseiller avisé envisage l'a-
mour, mais bien comme le meilleur
des passe-temps.

Ne s'échappe-t-il pas de ces pages,
à travers leur demi-naïveté, un
parfum, assez vif encore, du joli
temps où elles étaient écrites par
quelque pauvre diable d'homme de
lettres, aux gages d'un libraire, qui
avait dû prêter sa plume, plus d'une
fois, aux galanteries des autres ?

Chez les Morts.

L'ENFANCE D'UN PEINTRE

Landemer (Manche) *juillet*

L'auberge est juchée tout au haut de la falaise, une falaise coquette, qui descend par étages verdoyants et qui, jusqu'aux galets où viennent mourir les vagues, se fleurit encore de roses sauvages. A droite, à l'horizon, on aperçoit, se découpant sur le bleu de la mer, la massive silhouette des cuirassés de la rade de Cherbourg, qui, de ce sommet, ne semblent plus que de monstrueux joujoux. A gauche, l'œil embrasse la dentelure des côtes jusqu'au cap de la Hague. L'endroit s'appelle Landemer.

. Devant la porte, allant et venant jusqu'à de rustiques bosquets qui bordent l'autre côté de la route, voici le maître de la maison, un gaillard solide, en dépit de sa barbe blanche, à la large encolure, aux épaules carrées. Avec un sourire cordial, il salue les paysans qui passent, se rendant au marché dans leurs carrioles, vêtus de cette blouse en futaine, particulière aux gens de la Manche, qui va en s'élargissant, comme une tunique de mousquetaire Louis XIII. Ou bien, il se rend à la culture de ses champs, que bordent des bruyères roses. Et l'on entend les réponses qu'on lui fait :

— Oui, monsieur Millet... Non, monsieur Millet...

Ce nom me frappe. J'interroge.
Cet aubergiste est le frère du grand
peintre Millet, qui avait là toute
une nichée de neveux en sabots et
de nièces en cornette blanche. De
Barbizon, il venait parfois à Landemer ; il y passait quelque temps,
se retrempant dans l'air du pays
natal, s'affligeant que les soins
d'établissement de sa nombreuse
famille ne lui permissent point d'y
retourner pour toujours. La dernière fois qu'il y revint, ce fut
pendant la guerre.

Et, d'une question à l'autre, j'ai
eu toute une évocation de la jeunesse du maître, dite par les gens
et par les choses aussi, dont le té-
moignage demeure. On m'a esquissé, dans le décor même de ces
campagnes qu'il a rendues souvent,
aux heures de lutte, un Millet en-
fant, dont la physionomie pittoresque convient bien à l'idée qu'on

se fait des premières années du peintre puissant des paysans.

Dans l'auberge de Landemer M. Auguste Millet garde pieusement quelques souvenirs du grand frère Jean-François, pour lequel, comme tous les membres de sa famille, il conserve un respect profond, et qu'il regrette comme au lendemain de sa mort. Il a, outre quelques gravures tirées à la main par Millet, une *Vierge* tenant la tête du Christ mort. Le tableau, de petites dimensions, n'a pas été je crois classé dans son œuvre. La Vierge farouche, plus humaine que divine, vient de relever le martyr ; Millet avait peint cette toile pour sa grand'-mère, qu'il adorait. Il faut bien se rappeler, d'ailleurs, que parmi les siens, Millet n'a trouvé que sympathies à sa vocation. On avait le goût des arts dans la famille, et le père de Millet ne se

sentit jamais aussi heureux que
lorsqu'il vit partir son fils pour
Paris, avec la pension dérisoire que
lui accordait le conseil municipal
de Cherbourg.

A Landemer se trouve aussi,
chez un voisin de M. Auguste Millet, M. Vauvert, un dessin de
grandes dimensions de l'artiste,
qu'il avait composé, à dix-sept ans,
sans avoir encore eu de maître. Il
représente deux bergers, l'un debout, l'autre assis, gardant leur
moutons. Le premier professeur
de Millet, nommé Langlois, a écrit
au bas de ce dessin une mention
qui témoigne d'une façon naïve et
et touchante de son admiration.

Millet avait fait ce dessin pendant la *mériane* comme on dit ici,
c'est-à-dire pendant l'heure qu'on
accorde aux cultivateurs pour se
reposer, après avoir mangé.

De Landemer, on m'a conduit à

Gréville, à trois kilomètres, par la
falaise. C'est là qu'est né Millet, et
la maison existe encore dans sa
rusticité ancienne, supportant bien
ses cent cinquante ans d'existence.
Pour y aller, on traverses des sites
presque grandioses, le *Maupas* et
la *Roque du Catel*, qui ont souvent
tenté Millet, se rappelant les années d'enfance pendant lesquelles il
allait en grimpant dans les roches,
jouer à deux corbeaux, voleurs
comme la pie célèbre, le mauvais
tour de leur reprendre leur butin.

La petite maison de Gréville, où
la municipalité, très fière de son
grand homme, a fait mettre une
plaque commémorative (ici est né
Jean-François Millet, 4 octobre
18:4). est habitée aujourd'hui par
une sœur du peintre, Madame Henriette, veuve d'un douanier. Elle
aussi, l'excellente femme, elle a le
respect de la gloire du frère, et elle

montre avec attendrissement, dans
la vieille cuisine, la place où il
s'asseyait, avec les sept autres enfants. Il n'y a eu que peu de chose
de changé au mobilier ancien. Une
horloge dans sa boite, une armoire
normande, un banc qui court le
long de la pièce, une table massive,
voilà tout le mobilier. Jusqu'en ces
derniers temps, il était resté, sur
les portes des croquis jetés par
Jean-François ayant dix ou douze
ans. C'etaient notamment des gre-
nouilles dansant, qui étaient, paraît-
il, très divertissan es. La servante
d'un locataire qui précéda la sœur
Henriette eut, un jour, la malen-
contreuse idée de nettoyer ces
portes, et, dans cette inspiration
d'un zèle intempestif, c'en fut fait
de souvenirs précieux pour montrer la naissance d'un grand talent.

Il ne reste dans une chambre, en
haut, qu'une peinture, presque ef-

facée sur une porte, représentant un
pot de fleurs. La mère de Millet
était malade, une fois, elle ne pouvait se lever, « François, dit-elle à
son fils, tu devrais me faire quelque
chose là, en face de mes yeux, pour
m'égayer. » Et Millet, qui était dejà
célèbre, se rendit au désir de la
vieille femme avec une obéissance
d'écolier. Il alla cueillir un bou-
quet dans le jardin des voisins Ca-
noville et le peignit aussitôt. M.
Durand, le mari de madame Henry
Gréville (pseudonyme emprunté au
pays de Millet) a essayé, à l'aide de
réactifs, de rendre quelque éclat à
cette peinture, mais, pour dire le
vrai, il a plutôt contribué à la faire
disparaître.

Et la sœur Henriette, en montrant la maison de Millet est inta-
rissable sur ses souvenirs d'enfance,
qu'elle raconte dans un langage
imagé. C'est l'adresse de Jean-

François, à tous les exercices qui
fait le fond de la conversation. Il
avait une réputation, dans le village,
pour scier le bois. Avec son couteau, il faisait aussi des choses très
drôles. Un jour, il avait sculpté une
toupie gigantesque, puis il en avait
creusé l'intérieur. L'air s'engouffrait
dans cette crevasse, et la toupie, en
tournant, faisait un bruit formidable.
Cette toupie était célèbre dans tout
le pays.

Il avait une passion en même
temps que le dessin : il adorait sonner les cloches. Il tenait cette passion du curé de Gréville — une
souriante figure de vieux prêtre à
évoquer, — M. Le Briseur.

— Ma foi, monsieur le curé, lui
disait Jean-François après le caté-
chisme, s'il n'y avait pas de cloches
au Paradis, j'aimerais mieux ne pas
y aller !

— Eh bien, moi aussi, Jean-

François, répondait M. Le Briseur.

Ce M. Le Briseur le poussait fort au dessin. Il lui indiquait les sujets : « Tu devrais faire le forgeron Hamelin... » Et le forgeron Hamelin lui disait de son côté : « Tu devrais aire M. le curé faisant ferrer son mulet. »

Un des dessins, célèbres dans le pays, de l'enfance de Millet, fut celui de Benneville et de ses ânes. Ce Benneville était un brave homme qui parcourait la contrée avec ses ânes pour les propriétaires locaux ne pouvant envoyer leurs bêtes dans les haras. Jean-François fit son portrait en charge et, dessinant les ânes autour de leur maître, écrivit au-dessous : « Benneville et sa famille, » Benneville rit beaucoup le premier, de la plaisanterie, et — voici un détail qui ne manque pas d'une vraie saveur campagnarde — offrit, pour emporter le dessin, de faire saillir gratuitement une jument des Millet.

Jean François s'était installé, dans la maison paternelle, un petit réduit à côté de la chambre où il couchait avec son frère Auguste, où il avait juste de quoi se retourner. C'est là qu'il travaillait, tout seul, et qu'il dessina jusqu'à vingt-et-un ans. De là, il voyait un petit puits, surmonté d'une sorte de tourelle, qui existe encore dans sa simplicité pittoresque, pour lequel il avait une affection particulière. Il l'a peint souvent, de souvenir, dans des toiles importantes, ainsi qu'une grange sur la porte de laquelle on voit encore un dessin de lui, tracé au couteau. Il représente un diable qui, avec une fourche, renverse un homme, fort contrit, à ce qu'il semble, de ce diabolique procédé.

Tout ce petit coin de Gréville est

d'ailleurs charmant, depuis la maison de Millet, enguirlandée de vigne vierge, descendant sur un petit mur bas, qui la précède, jusqu'à l'église, dont le peintre a fait le tableau que possède le Luxembourg. C'est le village idéal, le village où rien n'a changé depuis un siècle, où, tout au bout, un tisserand fabrique de la toile, à l'aide d'un métier antique.

Millet, jusqu'à la fin, s'intéressait à son pays, demandant des nouvelles de chacun, n'oubliant personne. Voici une lettre de lui, datée de 1874, de l'année où il reçut la commande de grands tableaux au Panthéon, qui est véritablement touchante.

A une vieille femme, fort misérable, la Quénenne, il venait de faire obtenir une pension. Celle-ci voulait à toute force envoyer une oie à son bienfaiteur. Millet s'a-

dressa alors à l'instituteur, M. Picquot, pour lui répondre :

« Mon cher Monsieur Picquot,

» Puisque vous avez bien voulu
» être le secrétaire de Jeanne·Marie
» Henry, j'espère que vous voudrez
» bien aussi être mon commission-
» naire auprès d'elle. La besogne
» ne peut vous manquer, venant
» de deux côtés à la fois. Dites,
» nous vous en prions, à cette pau-
» vre Jeanne-Marie que nous lui
» savons bien gré de penser à nous
» comme elle le fait, mais que nous
» sommes peinés du mal qu'elle se
» donne pour nous le prouver.
» Quand nous retournerons à Gré-
» ville, nous lui dévorerons cer-
» tainement une de ses oies. Mais
» quand se fera ce dévorement ? »

Millet parlait alors des travaux
qui le retenaient à Paris. Mais la
gloire qui lui arrivait enfin, comme

une revanche, ne l'empêchait pas de songer toujours au pays avec attendrissement. Jugez-en par ce *post scriptum*, distribuant des amitiés à la douzaine :

» Mon cher monsieur Picquot, toute la maisonnée se joint à moi pour vous souhaiter et aux vôtres la bonne santé. Dites bonjour pour nous chez Polidor. Je souhaite, en mon particulier, le bonjour à Barthélemy, à Jean-Paris, à Lacouture. »

Aussi, le souvenir qu'a laissé Millet à Gréville et dans tous les environs est-il resté très vif. Ce n'est pas là qu'il faudrait dire du mal de la peinture !

Tel est le Millet de Landemer et de Gréville, le Millet normand, moins connu sans doute que le Millet de Barbizon. Là, avant de se livrer tout à fait à l'art, il a sué et peiné comme un bon travailleur de la terre qu'il était. La terre et les paysans, c'est là qu'il a appris à les aimer.

La Tombe de Courbet

La Tour-de-Peilz, septembre.

......Ce matin, en allant au hasard devant moi, dans les chemins bordés de vignes, à perte de vue, de la petite station des bords du Léman où j'ai été chercher quelques jours de grand calme, je me suis trouvé devant le cimetière. Un joli cimetière, coquet, qui n'a rien de rustique que sa situation au pied de la montagne, dans un enclos séparé seulement par un mur très bas des réjouissants vignobles qui sont l'orgueil de ce pays. Les morts, auxquels Baudelaire prêtait de grandes douleurs, ne peuvent pas être malheureux ici. Ils assistent à l'éclosion des beaux raisins dorés qui font ce gentil vin blanc qu'ils ont aimé. J'allais à travers les allées fleuries, quand j'ai tout à coup aperçu une pierre très simple, avec ce nom qui m'a sauté aux yeux : « Gustave Courbet ».

C'est là que repose le peintre qui fut si bruyant si exubérant de vie, à la grande voix tonitruante, dans un silence que ne trouble guère que le bruit d'une petite cloche, le dimanche. Et je me suis rappelé que c'est, en effet, ici qu'il est mort, dans un exil qui pour n'être pas très rigoureux en apparence, lui pesait plus qu'il ne voulait en convenir, et grondant, avec des accents formidables, contre ceux qui avaient fait peser sur lui une lourde responsabilité dont l'équité était, de vrai, très contestable.

Il a laissé ici une légende d'une
large bonhomie, et l'on a évoqué
pour moi, avec entrain, ce Courbet
des dernières années, tel, du moins,
que dans le débraillé qui lui était
cher il se laissait voir dans ses relations journalières. Sa vraie pensée,
je le crois bien, était, quoi qu'il
dît, en France, là-bas, derrière les
montagnes. Mais il y avait en lui un
incorrigible fanfaron, cachant bien
des choses meilleures qu'on n'en
eût pensé sous son apparent cy-
nisme.

Quoi qu'il en soit, il vivait, à la
Tour-de-Peilz, librement, fêtant
volontiers le villeneuve et l'yvorne.
Il allait, souvent, en compagnie de
vignerons du pays, faire ce qu'on
appelle ici une « partie de cave ».
On se rend, à cinq ou six, dans une
de ces belles caves où sont amonce-
lés de reluisants tonneaux de chêne,
avec leur cercles brillants comme

de l'argent, et on va juger le vin.
Il n'y a, pour tout le monde, qu'un
grand diable de verre, qu'on doit
vider jusqu'à la dernière goutte, et
on va ainsi, de pièce en pièce, en
formulant son avis, avec le traînant
accent du canton de Vaud :

— Il n'est pas tant clair... mais
pour *pu* (pur), il est *pu* !

Il paraît qu'une fois Courbet et
ses amis entrèrent un lundi, à
quatre heures, dans une de ces
caves et qu'ils n'en sortirent que
le surlendemain. Par l'escalier, on
leur envoyait sans cesse des *salés*,
des victuailles de charcuterie qui
avaient pour but de raviver leur
soif. Courbet, avec une forfanterie
dont il était coutumier, portait des
défis terribles, mais il se vantait et
il était déjà à bout de forces que
les vignerons en étaient encore à se
sentir altérés. Mais « pour lui faire
plaisir », m'a dit le brave homme

qui me racontait ainsi un Courbet
tout intime, on lui déclarait qu'il
était un buveur émérite.

Courbet, grand noctambule, habitué à lancer ses théories artistiques
dans les cafés parisiens, qui restent
ouverts presque toute la nuit, était
fort malheureux ici sur un point.
Quand il avait travaillé, dans la
journée, enfermé dans son atelier
de Bon-Repos, il allait, après son
dîner, au *Café du Centre,* un établissement qui ne rappelle que bien
vaguement les brasseries de la rive
gauche, dont il avait été l'hôte familier. C'est une simple pièce
carrelée, d'apparence patriarcale,
avec de bonnes grosses tables de
bois, avec quelques gravures locales
collées au mur.

Il s'installait là et causait. se gri-
sant de ses paroles, rappelant ses
souvenirs de Paris, étalant superbe-
ment son orgueil ingénu, invitant

qui il trouvait et parlant peinture à quelque bon cultivateur, amené par lui, qui le regardait avec de grands yeux surpris. Mais onze heures sonnaient vite. Or, c'est d'après les règlements de police du pays, l'heure de la fermeture.

— Allons, monsieur Courbet, disait l'hôte, il faut vous en aller, vous ne voudriez pas me mettre dans la peine.

Mais Courbet s'obstinait, grondait, tempêtait, et force était à l'aubergiste de fermer seulement les volets du *Café du Centre*, en demandant au peintre de ne pas élever la voix. Cependant, l'unique agent qui compose le corps de police de La Tour survenait, dressait procès-verbal. Et Courbet, d'un geste majestueux, lui faisait signe de s'asseoir et l'obligeait à trinquer avec lui.

— C'est bon, c'est bon ! disait-il,

buvez toujours! Je connais le tarif
de l'amende!

C'était dix francs, qu'on allait, de
la municipalité, par ordre du syndic,
toucher presque tous les matins,
comme une rente, à l'atelier de
Bon-Repos.

Au reste, malgré cette petite condamnation régulière, et celle que
lui valait son habitude de se baigner
dans le lac à un endroit défendu,
Courbet faisait bon ménage avec la
municipalité de La Tour.

Il lui a même offert un buste,
sculpté par lui, pour orner une
fontaine. L'œuvre est assez curieuse
par sa fougue. Le buste devait,
dans sa pensée, représenter la
Suisse. Mais les bons municipaux
de La Tour furent un peu stupéfaits
lorsqu'ils se trouvèrent en présence
de cette virago à l'expression sau-
vage, les cheveux flottant au vent
sous un bonnet phrygien. Le bonnet

phrygien les déconcertait surtout,
bien qu'ils fussent flattés de l'hommage de l'artiste.

L'un d'eux, se demandant comment il allait être accueilli et pre-
nant son courage à deux mains,
hasarda l'observation. Mais Courbet
était, ce jour-là, de bonne humeur.

— N'est-ce que cela? dit-il. Eh
bien! au lieu de la figure de la
Suisse, ce sera celle de la Liberté!

Tout allait dès lors à merveille,
et le buste se dresse, avec crânerie,
sur la petite place de La Tour.
Courbet a écrit ces mots sur le
socle : « Hommage à l'hospitalité! »

Il y eut, le soir de l'inauguration,
un plantureux banquet, offert par
la petite ville à l'artiste. Le père de
Courbet était venu d'Ornans. A
l'heure obligée des toasts, un des
conseillers municipaux, qui craignait
quelques écarts politiques, se leva
et revint avec un panier d'où il

sortit quelques bouteilles vénéra-
bles : — « Cela vaut bien tous les
discours, n'est-ce pas ?» La motion
fut approuvée, et ces flacons de vin
doré, remplaçant toutes les haran-
gues, empêchèrent la conversation
de s'engager sur un terrain scabreux.

Une chose curieuse, c'était la
grande amitié qui unissait, ici,
Courbet et... un pasteur protestant,
M. Dulong. Comment cela s'était-
il fait? Sur quel compromis l'accord
s'était-il conclu ? Toujours est-il que
le peintre aux libres allures et le
rigide ecclésiastique étaient devenus
inséparables.

Le corps de Courbet ne fut pas
enterré tout de suite. Pendant plusieurs jours, il resta, dans l'indéci-
sion où l'on était des volontés de sa
famille, lamentablement abandonné
à la Morgue, après des obsèques
qui avaient été assez imposantes.
Tout devait être contraste pour

Courbet, ici. Et quelle Morgue !
une sorte de cahute, basse, en
pierres, tout juste assez grande
pour contenir un cercueil. Ce ne
fut qu'après un temps relativement
assez long que l'inhumation au
cimetière de La Tour fut décidée.

Les heureuses petites villes suisses
des bords du lac ont souvent de
bonnes aubaines. Une Autrichienne
qui affectionnait fort Vevey (La
Tour et Vevey se touchent) a laissé
à la municipalité deux cent mille
francs pour commencer un musée ;
d'un autre côté, la nièce de Courbet
a offert un certain nombre de tableaux du maître. Il se trouvera
donc là quelque jour une petite
galerie qui aura son intérêt, et qui
sera bien placée, tout près de la
tombe du peintre.

FIN

TABLE DES MATIÈRES

ÉMILE COLIN — IMPRIMERIE DE LAGNY

www.ingramcontent.com/pod-product-compliance
Lightning Source LLC
Chambersburg PA
CBHW051548280626
47162CB00021B/1628